郑国江 著

郑国江

词画人生

每首歌都有自己的命运

东方出版中心

目　录

三、似水流年

前　言

　　我不叫这篇文字"自序"，因为它的谐音是"治罪"，这样的联想是我从创作歌词中学来的。当然，这几十年的创作生涯中，学到的还有很多，这是我要写这本书和大众分享的最大动力。

　　我不善交际，不善高谈阔论，不善写长文，书中谨以最简单直接的文字，写创作时所思所感，文字也许粗糙，但我真的不善修饰。说到修饰，或许所列举的歌词，与坊间所载略有出入，因我列举的可能是我原稿的文句，而坊间的，是我应有关人士要求而润饰过的，这算是还作品一个真面目吧！

　　我的职业是教师，写歌词一直是我的兴趣之一。有时，我还把诲人的道理写进歌词中，去延续我教师的工作。多谢大家不嫌我说教，还美称我为励志词人。所以，我一直觉得自己是很幸运的。

这本书曾拟过很多名称，最后取名为《郑国江词画人生》，意谓我以歌词与绘画来描画人生，这正道出了我的理想。绘画与填词在我的生命中占很大的比重，我真的分不出孰重孰轻。虽然距离书名要做到描画人生的目标还很远，但我仍会朝着这目标进发。最后，感谢享誉国际的设计大师靳埭强先生为这册作品集的封面设计提供宝贵的专业意见，使这本小书生色不少。

二〇一三年五月十五日

好歌
献给你

雨丝，我的灵感源泉

　　黑云弥漫天空中，低压到树梢，湿风猛
然吹来，随着大雨到，芭蕉叶上声潺潺，
似在急声道，淅沥，淅沥

　　这段描写雨的文字，是我小学时学到的一首歌词，音乐老师说是她写的。

　　"这首歌是我写的。"这句话，影响了我大半生。原来歌词可以自己写，而且可以写来教学生。

　　这首歌一直陪伴着我成长，每到下雨天，我都不期然想起这首歌来，有时也不期然地哼上几句，但只是这几句，之后的都忘记了。

　　相信这也是我的作品中，特别多写雨的原因。

　　记得我为徐小凤写的一首《情比雨丝》。当我把歌词交到顾嘉辉手中时，他看着看着，突然问我："你是不是为徐小凤写歌时，特别用心？"

我很奇怪他怎么有这一问，曲是辉哥写的，是他的旋律引发我的灵感的。经他这么一问，我回去仔细看看歌词，发觉副歌部分真的铺排得很齐整。

> 情如丝
> 风似剪
> 情难舍
> 意难断
> 灰色的天
> 灰色的雨
> 悠悠牵起几丝哀怨缠绵

对偶的效果，嵌在旋律中，有一种浑然天成的感觉。我也奇怪自己写出这样的歌词来，相信这是旋律的魅力所致。

第一首为徐小凤写的歌是《风雨同路》，最初的版本不是这样的。徐小凤给我的印象是夜总会的红歌星，顺理成章，希望写成《何日君再来》那样缠绵悱恻。

> 喝一杯美酒
> 来一点小菜
> 人生难得几回醉
> 不欢更何待

岂料徐小姐打来电话说，她不适宜唱那些"情情塔塔"

《风雨同路》书法作品

的歌词，最好把她当作男孩子那样写。那时候她唱《柔道龙虎榜》、《保镖》等片集主题曲，全部是硬邦邦的唱腔。我想她大概想我写得中性一点，不那么扭捏吧，于是构思了《风雨同路》这个主题。

我凭这首歌词入选港台举办的第一届十大中文金曲，巧合地又是和雨有关的。

记得有一次已故影星伊雷"车"我回家，他告诉我他很喜欢《风雨同路》这首歌，特别是"明亮背影有黑暗"那句，道尽娱乐圈中人的心境。

文字，特别是歌词，就有这种魔力。同一句歌词，在不同的时候，落入不同心境的受众心中，都有不同的感受，有不同的影响力。《风雨同路》这首歌词，拆开来看就只是矛盾两个字，整首歌词都是写人的那种矛盾心态。

一起看看歌词：

似是欢笑
似是苦困
怎么分开假与真
恩怨不分
爱亦有恨
明亮背影有黑暗

欢笑—苦困，假—真，恩—怨，爱—恨，明亮—黑暗，跟着还有苦—甘，今朝—以后，相亲—相分，都是一对一对的反义词。

　　直到末句，在风雨的困境中，竟然发现有人同路更竟然互见真心，就像月缺这么凄清的时刻竟发现有星星衬。这个写法，叫人在极度迷惘中，豁然开朗。这也是整首歌词的主旨，使人在艰难的时候，哼起来，为之振奋，这也是我写词的态度。就算多悲惨的歌，到最后，我要叫人提起精神。

　　这首歌以后，和徐小凤合作无间，相信她是和我合作得最多的一位女歌手。

《泥路上》的灵感

卢业瑂以朴实无华的歌声唱出《泥路上》的乡土味，也唱出少年人对爱情的那份朦胧感。

卢冠廷的旋律带一阵青草的气息，透出一股脱俗的清新，诱发出我对大自然的向往，脑际闪出这样的一幅图画：

泥路上
常与你
踏着细雨归来

行书至此，我仿佛感到草鞋下那溅起的水花。

我绘画这情景时，甚至画他们赤着脚在雨中走着，男孩子让出半袭蓑衣给女孩子披着。词中以三句四字句写尽小时候的天真烂漫。

云淡淡

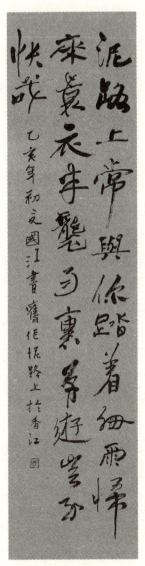

泥路上常與你踏著細雨歸來裹衣半濕馬弄風裏爭遊崇分快哉

乙亥年初夏國江書舊作泥路上於香江

《泥路上》书法作品

常与你

漫步细说将来

一起成长，由童年踏进少年，但纯真不减。

歌声　满路

笑语　满怀

成了两位小主角生活的重要部分。

乡村生活简朴愉快，享受的是一份可贵的情谊。

写离别了的一段歌词中"笨呆"一词用得有嫌草率，幸好跟着的一句用上了"可爱"两字，呼应得恰到好处。

是笨呆还是可爱，见仁见智。

还愿你珍惜

当初那份情

情怀莫变改

写的时候不是刻意的造作，但当唱到"那份情"，再续唱"情怀莫变改"的时候，旋律与节奏，配合着两个相连的"情"字，很容易感受到曲中人那份渴求的心情。这是音乐的微妙之处，不过也只有知音人才能领悟。

本段写这男孩子重踏从前的路，想到从前的事，突然有所感悟。

堤路与常與你踏着細雨歸來篛笠午龍雨裏篛笠不从快哉登徒分九五年冬月匡旺依詞意作成书品於香江文采閣

《泥路上》水墨作品

13

又觉爱似青苔

不经意地

细细蔓延

竟将我心满盖

　　突如其来的灵感使我写出末四句歌词，给这首词一个朦胧的意境，一份似完未完的情，去丰富听歌人想象的空间。

　　事情是这样的，写这首词之前，曾到桂林旅游，买了一座小小的盆景回家，几座小山，放在浅浅的方形盘上，因为事忙，每天只管把水注满水盘，根本无暇细看。盆景就放在书桌前的一角。那天无意间抬头一看，那本来光秃秃的几座山头，竟长满了青苔，在阳光照耀下，郁郁葱葱，煞是好看。就把这感觉捕捉下来，放在歌词中，成就了这《泥路上》最具灵气的词句。

《似水流年》——梅艳芳的绝唱

望着他的脸

在怀念

怀念往年

望着他的脸

心感到

何疲倦

记起

昨天的笑

昨天的爱

使我心酸

情义又似一根线

两心紧串

谁忍割断

只嗟叹

似水流年

为何难复转

留下一串思念

一串串

永远缠

望着他的脸

眼神内

仍像往年

外貌早改变

处境都变

情怀未变

　　这首词，可以伴着《似水流年》的和唱版唱，因为是同一首歌的另一个版本，也是这首歌的第一版本。现在已面世的是第二版本。

　　如果你有看过《似水流年》这部电影，你很可能会记得这一幕，女主角顾美华和她特地回乡探望的前男友躺在屋脊上。顾美华一身现代都市女郎打扮，而她的前男友仍是一个乡巴佬模样，且已和一个打扮与样貌都很朴素的乡村女教师结了婚。最后的三句和现在的版本一模一样，但放在两个不同的画面中，竟起了不同的感觉、不同的意义和不同的境界，文字就是这么奇妙，有其魔幻性。

　　为写这首主题曲，我看了这部电影六次，难得导演严浩肯给我这个方便。最后，电影结尾时那段苍茫的画面，感动了我，决定把笔锋一转，写女主角对整段旅程发生

16

《似水流年》水墨作品

的种种事情，对前男友的感情，对前男友妻子的感觉，对自己事业上遭逢突变的感受和妹妹的困扰来个总结，就把发生了的种种事情束之高阁，重新上路。

这部电影相信是没有准备要有主题曲的，所以只请日本的作曲家喜多郎写了电影配乐。现在听到的主题曲旋律是黎小田从配乐中整理出来的，用一句现代音乐人的术语，这算是第二次创作，不过是在旋律上的，黎小田称得上开风气之先。

这首歌是我所有歌词中最受同业关注的，先有于粦叔。他在这首歌在电台首播当天，大清早打来电话问："《似水流年》是不是你填词的，副歌那句留下什么，歌播出了几次，但我总听不清楚。"我把歌词告诉了他，他说："哎呀，怎么搞的，你要叫华星再录过，怎可以这样子出街的。"这位老先生把我看得太重要了，我算老几，可以说这样的话？不过，我都把意见向唱片公司反映了。他们说，那次播出的不是唱片的版本，因为电影要为主题曲剪接画面，梅艳芳要先录一个试唱版给导演用，改天制作唱片时会重录的。

又过了几天，林敏怡又打来电话："副歌那段，可不可以改少一点，因为那段是循环形式唱出的，最尾的一个字，跟为首的一个字有一次重叠，如果独唱时，要 cut 去一个字才唱得到，词意便不能连贯。"感谢这位音乐人的专业意见，但歌已录好了，母带也做好了，唱片公司一定不会重做，就把这问题看作是这首歌的特色算了，不过，我在后来的一些演唱会听过其他歌星唱这首歌，真的有林敏怡说的情形出现，留下只有思念的"留"字，和情怀未变的"变"字，真的要 cut 一个字，多数唱至"情怀未"之后紧接"留下一串思念"。这变成这首歌一个无法修补的缺陷。但亦因着这缺陷，感觉梅艳芳唱绝了这首歌，真是一个异数。

斗室天地大，原野是我家

　　这一次写词的经历，有被绑架的感觉。

　　一天早上，接到 EMI 当时的总裁黄启光先生的电话，请我立刻到公司去，有些事情要我帮忙，我是教下午的课程的，那天不是假期。

　　到了公司，他招呼我到一个小房间内，播一首音乐给我听。那时候我很少看电影，连电台都少听，根本不知道他播给我听的是什么歌。

　　终于，入题了，原来他想让我把这首歌填上广东歌词，给阿 Lam 唱，他下午来录音，跟着把简谱交给我，然后关上门离去。我几乎想叫救命，但随即知道连叫救命的时间都要省下来，开工要紧。因为分秒必争，已经时候不多了。赶忙倒带，听熟音乐才是上策，音符一粒一粒剔透玲珑地在斗室的空气中飞扬，我对着简谱发呆，声带是纯音乐，一丁点儿的提示都没有，如果是英文歌，或许可以直译，或意译，还算有点依据。现在，真的靠感觉，心定下来，感到一片空灵，像胡金铨的电影《空山灵雨》般。

人家说："熟读唐诗三百首，不会作诗也会吟。"偏偏我没有熟读唐诗，只记得一首《床前明月光》，幸好，中学时背过一些古文，还记得柳宗元的《始得西山宴游记》。

文中的一句"与万化冥合"给我带来灵感。于是就写对环境的感觉，空山寂寂，能感觉些什么？

风光正好
我舍不得归家

这两句脱胎自原文的：

"苍然暮色，自远而至，
至无所见，而犹不欲归。"

斜阳横照
金光遍洒
山谷里景色如画
满胸抑郁
风里散
醉心万化

密封的斗室，变成高山夕照，而自己亦化身世外高人，

21

驰骋于自己塑造的幻景空间中。字句中的"醉心万化"，正好切合自己设想的"与万化冥合"。"斜阳横照"亦能表达高山巍峨的感觉。

终于由上午九时三十分写到中午十二时三十分，完成了最后一句"云雾萦绕，我似登仙羽化"以后，便赶忙乘的士返学校，幸好赶得及上课。

下课后，接到该曲的唱片监制电话，原来我匆忙间忘了写下该首歌的歌名。我突然想起该首歌词开头的两句，"风光正好，我舍不得归家"，于是便说："叫《原野是我家》好不好？"就这样，整首歌词便定了稿。监制问我要不要听听阿 Lam 的录音。这其实是我求之不得的事。

听了阿 Lam 的歌声，我才领悟到什么叫默契。他以似断还续，似续还断的声音唱出一种前所未有的空灵境界，营造出一种完全忘我的感觉，这正是我作词时所追求的。这首歌，由创作到录音，一气呵成。顺利得使我感到意外。为什么要这么赶，又这么神秘，这关乎当时唱片制作的模式。正因为当时知识产权未完全确立，任何一首流行曲，都可能有不同唱片公司在同一时间录制。谁都希望能比别家公司抢先一步推出，因此，大家手上都有一些被视为秘密武器的作品。亦因为这个缘故，我写这首歌时，连原作是什么歌都保密。这是外语电影《猎鹿者》的主题音乐，我是后来才知道的。

我不管有多少知音会欣赏这首歌，但这确实是我创作生涯中一次难得的经历。

《客从何处来》是一次偶拾

　　我喜欢填词，因为填词实在好玩。好玩在那新鲜感。填词人从来无法预计会收到一份什么样子的旋律。每一份新的旋律对填词人来说，都是一个新挑战，有时候抓破头皮也不知道该填什么题材，用什么笔调，又或者持什么风格。不过，有时候，收到的旋律会一一教你怎样去处理。《客从何处来》这首歌，是个很好的例子。

　　从宝丽金唱片公司的监制关维鹏处接到两个旋律，说是给区瑞强的唱碟用的。那时候，还没有为他写《陌上归人》，只知道区瑞强是个年轻的民歌歌手，也是港台的 DJ。正因为知道得少，所以没有负担，要写什么便写什么，一切听天由命。

　　两首旋律中，其中一首叫 Home Coming，该曲只有音乐，没有歌词的。除了歌名，内容一概付之阙如。这也好，就由旋律带动感情好了。这曲的旋律也很有趣，看歌名已经知道是外国作曲家的作品，奇怪的是旋律竟然每句都是七个音的。由于广东话是一字一音的，所以每句七个音等于每句七个字。换言之，曲的格式告诉我可以写成七言诗的体裁。主意既定，就当七言诗去处理，这形式对我来说也颇具新鲜感，愈想愈兴奋，恨不得化身曹子建，七步成诗。

想得好美，实行起来却举步维艰。写诗？我从没试过。人家说熟读唐诗三百首，不会作诗也会吟。可惜我没熟读唐诗，除"床前明月光"外，记得的没几首，搜索枯肠，只得贺知章的一首《回乡偶书》，于是试把这意念写在歌词中，顺着旋律的走势写成：

故乡风光记心上
白发千里念爹娘
难道家乡怎改变
曾经沧桑

每句的最后一个字都巧妙地排列成仄平仄平，唱起来特别铿锵。第一、二段写思乡，思念双亲，及还乡时见到乡里，听到乡音的感觉。中段过门时，又巧妙地插入贺知章的原诗的句子：

少小离家老大回，
乡音无改鬓毛衰。
儿童相见不相识，

笑问客从何处来。

于是歌曲就以"客从何处来"命名,正所谓天衣无缝。
第三段写童年时的一段 puppy love 以丰富歌词的内容。到第四段回归主题。

　　抱拥双亲满腔泪
　　白发早晚亦倚间
　　寸草心感春晖吐
　　难抑伤悲

区瑞强初录这歌时,真的是少年十五二十时,对故乡的感觉只是凭空想象的。虽然,歌曲推出时很受欢迎,但区瑞强自己说,他一直到年前因为返回家乡开演唱会,才真正踏足故乡的土地,真正体会曲中的词意,再唱这首歌时,已是另一番境界、另一个层次。
原来所有艺术都一样,需要时间需要经历磨练,可见成功绝非偶然。

肥皂泡——《风里的缤纷》

　　在我的填词经历中，有两首歌，是使我很难下笔的。一首是电影《玫瑰的故事》主题曲《最后的玫瑰》，另一首也是电影主题曲，是陈欣健执导的《文仔的肥皂泡》的主题曲《风里的缤纷》。两首都是情歌，但两段情都属不正常的恋情。《玫瑰的故事》写的是一段兄妹间的恋情，而《文仔的肥皂泡》则是师生恋。《最后的玫瑰》在后面会谈，现在要谈《风里的缤纷》。

　　这首歌的意念，来自戏名中"肥皂泡"三字。小时候，能玩的玩意儿不多。肥皂泡是当时最普遍的游戏。因为玩法简便。只需溶掉少许肥皂在一杯清水中，拿起饮管（我们那时候用写毛笔字的毛笔套，我们称之为笔"塔"筒），放入盛枧水的杯中，然后提起毛笔套，迎着风，轻轻一吹，一串大大小小的肥皂泡便迎风飞扬。肥皂泡的表面在阳光的折射下，显得七彩缤纷，煞是好看。在场的幼童会拍手大叫、大笑，也会跳起来去抓肥皂泡；有时候抓不住，会再跳、再抓，有时候抓住了，但肥皂泡随即着手破灭，少许失望之余，当看到第二串肥皂泡出现时，又重新雀跃。有时，父母亲逗着小孩子玩这游戏，有时又教小孩子自己去吹肥皂泡。在这游戏的学习过程中，幼童自会享受肥皂泡轻快地高高低低飞扬的乐趣。看着轻快的肥皂泡在空中飞扬、破灭的姿态，置身在一堆堆、一簇簇色彩缤纷的肥皂泡中，迎风起舞，奔向太阳，奔向草地，孩子们在看着、笑着、跳着，构成一幅幅美丽的亲子图。

这童年的游戏给予我灵感，我就以轻盈的肥皂泡去象征这段爱情，一段充满幻想、好奇的感情之旅。好像接触过，但着手幻灭，美丽、失望，但哀而不伤，一阵风里的缤纷过后，一切又回复平静。那一阵风里的缤纷，永留心底，成为回忆的一部分。

主题曲的旋律由曾路得创作，也由她主唱，美丽的旋律，配上清纯悦耳的歌声，已构成成功的因素，我有幸为这作品填词，不禁要说一句幸运是我。

抱着轻松愉快的心情去写安慰一颗受伤少年的心的话语，曾路得柔柔的歌声，正好是一帖良药，轻轻的凉凉的，熨帖地抚平少年心中每一处的伤痕，像大姐姐说的话，温柔中隐隐透着关怀、怜爱和背后的丝丝哀愁。这是我和曾路得继《那一天》之后的另一首得到知音人宠爱的歌。

　　不必叹息

　　亦无需伤心

心中有爱

不应有恨

共你相逢也分离

这份爱

逝去莫留痕

不必去想

为何不生根

风的意向

不可以问

命里安排

我不恨人

未泄尽气

亦要再浮沉

写这首歌时，我希望能做到哀而不伤的感觉。所以遣词用字都特别小心。像驾车下斜坡时那样，踏实脚掣。所以一开始便以安慰的口吻说："不必叹息亦无需伤心。"其实，伤心的是说这话的人，所以这两句话，一半是说给对方听，一半是说给自己听的。我们常听到人家说"互勉"，大概是这样子。

这份歌词，对每一颗失恋的心，都是一种慰藉，"心中有爱，不应有恨"，这是我对爱情的看法，只有这样，才可以化解失恋带来的痛，我曾经在别的歌词中，注入这意念，原谅所有伤害过自己的人，这样才可以得到解脱，才可以重新振作。

　　歌词虽然带一点点无奈，但人生就是这样子，不可以要求每个人都是强者，能主宰、创造自己的命运。一个普普通通的平凡人，有时能抱着像肥皂泡的态度，跟命运来个妥协，抱着"未泄尽气，亦要再浮沉"的心情去经历生命中的起起跌跌、升升降降，未尝不是一件乐事。

梁祝，凄美情事

《梁祝协奏曲》相信是中国艺术歌曲中，最广泛地为人接受的一首，相信亦是演奏版本最多的乐曲。除了因为旋律动听外，故事本身能深入民心也是重要原因之一。以此优美旋律填上曲词的歌曲一定不少。单单我一人已填了超过四首，四首是指有演出过的。

在丽风唱片公司的年代，曾以郑一川的笔名填过《情依依》。

情人到别离倍依依
相看欲话无语
惆怅空相对
牵衣暗问郎
何时能再聚

这五句歌词所表达的画面，可以从很多歌唱粤语片中剪出来。

一看歌词的用字，便能说出创作年份，歌词中的"惆怅"、"牵衣"、"问郎"等字词都脱胎自粤曲，有着粤语流行曲从粤曲过渡过来的影子。第二段末几句犹甚。

歌词中的一句写到"五更梦回"，完全是线装书籍的感觉。

谁为我把心声他乡寄
相约夜深观赏明月儿

末句"相约夜深观赏明月儿"意味着即使分隔开不能相见，一同看着月亮便当作见到对方，这种借物怀人的写法，之后，我曾用在林子祥的《我要走天涯》中，其词句为：

倘使他日你我要见
望望落日晚霞

表达手法其实一样，感觉截然不同，文字就是这么奇怪。

《情依依》之后，娱乐唱片公司亦曾为华娃制作过由《梁祝协奏曲》改编的《痴情恨》，作词人一项有两个名字，一位是叶绍德，另一位是刘杰，刘杰应该是黄霑的化名。相信是黄霑看过叶绍德的词后，稍加润饰，但又不好意思用真名，故而以合作形式出现。从歌词首段看到端倪。

情人爱缠绵

分不开

应该结为连理

从今相亲爱

可惜上天弄人

无可奈

无奈美好鸳鸯分散

空有万种相思万般爱

　

"缠绵"、"连理"、"鸳鸯"等词有浓浓的叶氏笔墨。至于"万种相思万般爱"的"万般爱"与黄霑为《上海滩》续集写的《万般情》遥遥呼应，推测或许有误，因为两位朋友俱已作古，无从考证。

到关正杰《恨绵绵》的时代，我又有机会再写"梁祝"，这次是为关正杰写，关先生给人的印象是木木讷讷的，很贴合梁山伯的形象，于是我索性把"梁祝"的故事写入歌词中，而成了《恨绵绵》。这是另一首很多歌星翻唱的歌曲，大概是歌词凄婉，容易表达的缘故吧。

　

为何世间良缘每多波折

总教美梦成泡影

情天偏偏缺

苍天爱捉弄人

情缘常破灭

我们试试忘掉那美丽的旋律，把这几句歌词朗诵一遍，自然发觉声音中有一种哽咽的感觉，全拜仄声所赐。大家喜欢这首词的原因，应该是基于歌词包藏着的故事情节。不过歌曲大红以后我亦看过一段批评的文字，这段文字有其独特见解，那是我没想过的。因为，之前我听过以此旋律入词的，都偏于哀怨，但此文的作者认为坊间常引用的一段旋律是整首《梁祝协奏曲》中最优美的一段，不应填写悲情的歌词。于是我想如果我再有机会填写《梁祝协奏曲》，我会写一段优美的歌词。

　　这意念埋藏在我心里很久，很久，一直没有机会实现。这曾是我写词生涯的一件憾事。

《蝶缘》，静待破茧而出

　　皇天不负有心人，一九九八年，香港交响乐团邀请叶丽仪与他们演出。叶大姐很重视这次演出，她说一定要请我观看，我实时灵机一触，这次机会来了，香港交响乐团，一定演奏过《梁祝协奏曲》的。叶丽仪亦一定熟识这旋律，于是，我便尝试把埋藏在心底多年的心结，抖将出来，希望以这首词作为礼物祝贺叶丽仪演出成功。主意既定，便付诸实行。

　　翻箱倒箧把曲谱找出来，这时候有点后悔，怎么不学习使用计算机。否则一按钮，曲谱便呈现眼前。多方便。曲谱找到了，写些什么题材呢？想着，想着，终于决定继续梁祝故事。但因为叶丽仪是女歌手，所以，故事以祝英台为主，仍以蝴蝶为骨干。假设，有一日，祝英台在校园中闲坐，看见蝴蝶儿在花丛中自由自在地飞舞，兴起了羡慕的心情，希望自己化身蝴蝶，这成了梁祝化蝶之伏线。

凝神望那粉蝶儿

舞翩翩

怎得化蝶

摇着羽衣

迎风花间转

飞越长虹

逃离世俗

忘掉世间种种束缚

摆脱人间千般万般怨

人疑是　化蝶儿

舞翩翩

一挥素袖

迎着晚风

随意轻轻转

牵动落霞

斜阳云里现

人像背起金色光线

天上人间

编织人蝶缘

歌名就为《蝶缘》。

想是一回事，现实是另一回事。

叶丽仪收到歌词以后，给我一个电话。

"对不起呀，郑老师，因为我们现在已进入了彩排阶

《蝶缘》水墨作品

段，乐团方面的 rundown 已出了。不能再编新曲。辜负了你的美意，真不好意思。"

我当然说"没关系"，但心里亦为愿望不能达成有点失望。

又过了很多年，叶丽仪又来电话："告诉你一个好消息，香港中乐团邀请我跟他们合作演出，我已把《蝶缘》交给了他们。他们亦编在演出项目中了。"

这是"塞翁失马，焉知非福"的又一实证。这首词，用中乐演奏，更具神韵。是次演出，有制作录像 VCD 和 DVD，都是那一句，每首歌都有自己的命运，这首歌虽然命途多舛，但总算有个好的晚景。

　　不知当年评论《恨绵绵》的那位作者有没有机会欣赏到叶丽仪这次的演出，更希望他或她评评这首《蝶缘》。对当年的批评，我是心存感激的，不然，我不会有这次补救机会，同时亦有负音乐家陈钢的名作。

《飞越彩虹》，不再泪流

除了前文所述四首用《梁祝协奏曲》填写的歌词外，有关梁祝故事的歌词，我还填写过颇重要的一首。

那一年，香港电台录制梁祝的广播剧，需要一首主题曲。录制的责任交给了EMI，唱片公司把作曲的任务交给了擅写小调旋律的作曲家钟肇峰。刚好陈百强《眼泪为你流》一炮而红，正筹备续篇《不再流泪》。由他来主唱一首风格不同的歌曲，应该很有新鲜感。由于第一张唱片我和他合作出了好成绩，公司顺势把填词的任务交给我。

陈百强是个年轻歌手，总不能按传统的方式去写这故事主题曲。我心目中，蝴蝶这主题是离不开的，于是构思梁祝化蝶之后的情境。内容要美丽，要浪漫。幻想的境界中，浮现了这样的一幅画面：一对美丽快乐的蝴蝶，经历过风雨，在天边出现了彩虹之际，这对蝴蝶欣喜地飞向彩虹，在虹桥上飞舞，就这样，弹出了"飞越彩虹"这主题。

《飞跃彩虹》词作手稿欣赏

　　歌词的第一句"不作可怜虫"，便展示出青年人那种倔强、坚持及对旧社会的封建制度不妥协的态度。加上编曲的配合，使这一句，很有石破天惊的冲击力。这石破天惊的冲击来自一种叫单皮的乐器。这原是京剧的一种击乐乐器，声音响亮而尖越，是一种能叫沉睡中的人醒过来的声音。这是"桥王"谭国基引入的意念。单皮丰富了这首歌的特色，加深了人们对这首歌的印象。

　　双双冲开苦与痛

云霞万里任意飞
束缚重重尽已松
不怕茧相困
只怕幸福遭断送
由来代价自由高
真爱令人变英勇

梁祝最凄美的是化蝶一幕，不但淡化了故事的悲剧
性，也突显了中国戏曲的两大特色，大团圆结局与神话化。
两位主角的命运，使我想到一首小诗：

生命诚可贵，
爱情价更高，
若为自由故，
两者皆可抛。

《偏偏喜欢你》——写的是一个"痴"字

　　我很少跟歌星有私下的交往，即使偶然相叙，都是因为研讨歌词，而且都是简短的茶叙而已。林子祥因为是街坊，而且为他写的词，很多是他本人的作品，所以需要较多交流。因而陈百强和我有最多早餐聚会。跟他一样，很多原创歌曲都是由我填词的陈百强，奇怪，我只跟他倾谈过一两次而已。印象较深刻的一次，已经是很后期的事。早期，他创作的歌都是由唱片公司或唱片监制交给我的。那一次较为特别，他约我到位于太子道的 Captain's Table 茶叙，交给我两首歌，一首是《盼望的缘份》，另一首是《偏偏喜欢你》。

　　谈话的内容都是围绕着他对这两首旋律的感觉，谈到他对爱情的观感、态度，我都把他的意念写在歌词中，可能是这个缘故，他演绎这两首歌时，特别投入。

　　《偏偏喜欢你》，很受内地的歌迷欢迎。我的作品集第二辑出版时，负责制作的 Danny Chu 甚至希望我把专辑

《偏偏喜欢你》水墨作品

的名字改为《偏偏喜欢你》，但我个人觉得，这始终像是一首歌的歌名，所以我还是用上《献出真善美》，以求和第一辑的《好歌献给你》来个首尾呼应。有一种延续的感觉。

《偏偏喜欢你》写的是一个男孩子失恋的感受，不知怎的，这类歌词总是较容易引起共鸣。

> 为何我心分秒想着过去
> 为何你一点不记起

陈百强淡淡地道来，却教人听得心疼。

> 明白到爱失去
> 一切都失去
> 我又为何偏偏喜欢你

原来的旋律是176553211，所以我原来填的是"我却为何偏偏钟意你"，但"钟意"两字比较口语化，和全首歌词显得有点格格不入，于是陈百强实时把旋律改为176553221，以配合歌词改为"我却为何偏偏喜欢你"。广东话的音乐性很强，一句话说出来已经是一段旋律了，每个字几乎都有特定的音阶，所以有时要将词就曲。但这首旋律因为是陈百强自己作的，所以可以即改，亦因为这样而造就了这首歌。如果沿用"偏偏钟意你"，受欢迎程度一定大打折扣。

其实这首歌的歌词之所以感人，除了陈百强的意念外，还掺和了我一位小学学生的真实故事。

这位学生移民到加拿大，在那边求学，并且和一位心仪的女孩子结了婚，但婚后不久却因故仳离了。这孩子对妻子痴心不已，总希望有一天能复合，因而在前妻上班的地方附近开了家小花店，希望每天能看着她上班下班，这孩子的"痴"感动了我，我就把这点痴写进歌词中。偏偏陈百强就用他动人的歌声把这痴情的感觉演绎了出来，感动了每一位痴心的歌迷。

第一首唱片歌曲，郑一川的《一串泪珠》

在地铁站看到刘凤屏演唱会的海报。不期然想起我写的第一首唱片歌曲。

那是一九七四年的事，前辈李香琴将我推荐给丽风唱片公司。当年接见我的是太阳神大乐队的领班杨道火先生。他当时是丽风唱片公司的负责人。这位满口外省口音的音乐人，偏偏监制粤语流行曲。

他见了我，谈不到两句，便交两个旋律给我，连录音带和简谱，说是写给刘凤屏唱的。我一看，吓了我一跳，其中一首竟然是我熟悉的粤曲谱子《迷离》。这首歌我熟得不得了，这是以前丽的呼声的开场曲，每朝早晨叫我起床的就是这首曲子。而且，早年亦有歌星灌录此曲成唱片，歌名就叫《迷离》，作词人是粤语流行曲中兴的功臣周聪先生。歌词是这样的：

对落花自怨

对落花自怨
我难如愿
心意乱
愁思剪不断

"剪不断，
理还乱，
是离愁，
别是一番滋味在心头。"

相信这首词是上述四句词章的变调。但由于要配合旋律，周聪先生巧妙地用了两句"对落花自怨"引出下文，重复的句式突出了女主角因思念爱侣而引起的烦躁不安。

对落花自怨
对落花自怨
我难如愿
如梦如烟
闺妇回肠断

整个旋律，最精彩的是结句前的四个音符，给人一种低回感叹的味儿，很自然流畅地过渡到全首歌的末句，有一种欲言又止，偏又欲罢不能的感觉。

正因为珠玉在前，我更不敢怠慢，加上我是第一次写唱片歌曲，心情既紧张，又高兴。而且刘凤屏当年已是享负盛名的红歌星，听过她唱《一见你就笑》，又被封什么娇娇女歌后。千头万绪，真的不知道写什么题材好。过去，我一直都在写歌剧，全部歌词都是跟着剧情走的。这次写的是单曲，无凭无据，此刻才发现自由原来也有不可贵的一面。

　　终于决定什么都不理，只跟旋律给我的感觉写。《迷离》这谱子略带哀怨，就写一首怨曲好了，思念不失为一个好题材，但不能重复别人的写法。于是从画面开始，希望歌词有电影感，镜头由远处的天空展开：

　　　　看雁飞万里

　　　　看雁飞万里

　　　　记从前事

　　　　惜分飞

　　　　愁看君去

　　　　暗自想

　　　　暗自思

　　　　伤悲

　　　　离人别矣

　　　　万千千里

　　　　愁赠君一串泪珠

　　　　表心痴

　　　　唯赠君一串泪珠

惜分飞

多谢前辈的启发，我照办煮碗地以重复句子开始我的第一首唱片歌词。歌曲写完以后，就以《一串泪珠》为名。歌曲录好了，各方面都很满意，并以这首歌做大碟的名称，我第一次写歌，便有此成绩，当然很意外。之后，我便顺理成章成了丽风唱片公司吃重的填词人，郑一川这个名字亦不胫而走。

《漫漫前路》，走出两个续篇

　　一九七八年香港电台的第一届十大中文金曲颁奖礼中，《风雨同路》成了十大之一，对我来说，不无鼓舞。但得奖的主要原因，当时来说，仍因为歌星的名气和造诣。最佳作曲、最佳填词等奖项的出现，都是很多年以后的事。不过，得奖仍是很雀跃的。

　　唱片公司自然乘胜追击，到制作徐小凤在该公司的第二张唱片时，因为气候已成，这张唱片是全粤语流行曲大碟。监制 Tommy Leung 希望沿着这条成功路继续走下去。对我来说，也是一个很好的方向。

　　"路"这个意念，是来自鲁迅的"路是人走出来的"这句话。初听时，觉得很新鲜，慢慢地，在成长的过程中，觉得很有意思，文句结合了生活，在思想中生了根，到写作时，不自觉地用了出来。

　　常常听到人说"前路茫茫"，说的时候总带一点很没信心的样子，也有人说"见步行步"，亦是表现得很无奈。

只有"路是人走出来的"这句话，铿锵有力，表现出决心、毅力、勇气，相信这句话，给上一代生活在苦难中的中国人很大的激励和鼓舞，于是我亦打算用积极的态度去写这首歌，延续这"路"的精神。以乐观的态度写成：

漫漫前路
有几多风光
一一细心赏

在看到同伴猜疑不决时，会这样地一问：

为甚留步
回头望一望
心中一片迷茫

然后再加一句鼓励：

默默看看天际白云荡
就像你我志在四方
但愿与你欢笑地流浪
挽手他乡闯一闯

以天际飘荡的白云去比喻二人闯荡的志向。我仍是惦记着徐小凤的叮嘱，全首词都出落得很坦然，且带一点点豪迈。如果把词中"挽手"两字改成"决心"，整首词便不带男女之情，是纯粹的两位好朋友，互相结伴同行为未来打江山的描述。但用上"挽手"两字，添上了一丝丝情意，写出小情人为未来兴家创业。对恋爱中的男女，未尝不是一种鼓励。

"漫漫前路"抽象点去看，可以是人生。在漫长的一生中，能找到一个可依靠的旅伴，未尝不是一件美事。所谓依靠是双向的，不是单向的依赖。

这样的歌词，只有徐小凤唱来才特别使人信服，因为她的歌声中带出承担和责任，是娇柔的唱腔表达不到的，但以下的一段则不同。

所谓不同是指看事物的角度，说到底徐小凤都是女歌手，尽管多豪迈，也该保留一点女性的特质，于是用山上小草的气息去表达女性的敏锐触觉。

路上有你
欢笑在浮荡
满山小草都芬芳

歌词写出一种依附的心情，一种期待，和在愉悦心情下看世界时，一切都是美好和美丽的那种感觉。

这个意念和写法，我在为罗文写《欢乐满人间》时也用过，我觉得很有感染力。

花也在笑

草也在笑

  这本是很主观的写法，但听得人开心，记得有一次娱乐唱片公司的老板娘刘太，很高兴地对我说："郑国江，花也在笑，草也在笑，写得真好，罗文唱了这首歌以后，我添了个男外孙呀！"

《莫再悲》，热泪不轻淌

　　《红颜》这首歌，生不逢时。一面世便遇上股灾。"无力挽，无力再挽"成了股民大忌。幸好，灾难过去后，歌曲仍受到知音的赏识。

　　不过，不幸真的再碰上类似的事，说句大吉利是，仍有一首歌可推荐给大家。记得，有一次股市又陷低潮，香港电台晨光第一线的主持曾智华，即刻选播林子祥的《莫再悲》以策励人心。

　　　　莫再悲
　　　　莫再伤
　　　　遇到悲哀休夸张
　　　　谁亦要经风与浪
　　　　谁遇挫败不受伤

　　林子祥的歌声，有很多不同的面貌。唱《男儿当自强》

时，铿锵有力；唱《阿里爸爸》时，幽默鬼马；唱《最爱是谁》时，迷惘忧伤；唱《分分钟需要你》时，深情愉悦；唱这首歌时别有一种男性的温柔。

这应该是跌市里，股民中听的歌词。曾智华，亏你想出这首歌来。"莫再悲，莫再伤"，当一个人在失败、失意的时候，有人在旁劝慰。轻快的音乐节奏，会令一个人不期然跟着唱起来，起了一种自我开解的作用。

说来奇怪，《莫再悲》可说是《漫漫前路》的第二部。事情是这样的：林子祥听过我为徐小凤写的《漫漫前路》后，很喜欢那首歌的词。当他听到"莫再悲"这旋律时，觉得很适合写一首跟《漫漫前路》意思相近的歌。于是他交旋律给我时，顺道把他的构思告诉我。我没想到一首歌会有续篇的。就这样衍生了这首歌词。

　　　　路正崎岖更漫长
　　　　何用叹息风里望
　　　　宝贵光阴笑着量

正好对应《漫漫前路》中：

　　　　但愿与你欢笑地流浪
　　　　挽手他乡闯一闯

至于

斜阳好
花正香
跟那寂寞和着唱
歌声一句句
跳越屏障赴远方

跟《漫漫前路》以下的几句，意思亦相近。只不过阿
Lam 把寂寞当做旅伴而已。

路上有你
不会绝望
路上有你
信念更刚
路上有你
欢笑在浮荡
满山小草都芬芳

但为了配合阿 Lam 的歌星形象，就在词的末段写上
这几句：

幸运不稀罕
热泪不轻淌
愿做真正的硬汉
何必口说快乐

心中一个样

与徐小凤说起这件事，她亦说出她的一番见解。她觉得阿Lam可能真的很喜欢《漫漫前路》这首歌。如果小心去对证，他作曲的《在水中央》，都有《漫漫前路》的影子。

我对音乐的知识，真的很薄弱，但听了小凤这番话，我只好找来两首歌的简谱对照一下，发觉小凤的设想，不无道理。

这使我想起顾嘉辉的一句话。他说他作曲前一定不会去有音乐播放的地方，免得听了留下印象，影响思维。万一受潜意识影响，写了一首与听到的有些地方相似的歌时，便惹来抄袭之嫌。不过，我写词与他刚好相反。当我写不出来时，我会带备纸笔到茶餐厅去。在那儿，人声鼎沸，茶客们各自说自己的故事，或讨论时事。这种种谈话的内容都可以化在歌词中，成为歌词的隐性主题。

《莫再悲》是一九八三年的作品，距离一九七九年的《漫漫前路》足有四个年头。这条路真的很长，行了四年才行到第二段。没想到第二段刚行完不久，第三段路又在眼前了。

《漫步人生路》，不着一个情字的情歌

　　不知道是哪一年，在电视节目中，看到一位台湾小姑娘，圆圆的脸蛋，柔柔的歌声。唱着跳着，给人一种很愉快的感觉，使人听了就喜欢，后来知道这小妹妹的名字叫邓丽君。

　　不多久，她的一曲《月亮代表我的心》，红遍了神州大地，也红遍了全世界有华人的地方，更征服了日本。

　　一日，宝丽金的唱片监制邓锡泉先生交给我一首歌，说是一位较成熟的女歌手唱的，希望我写一首像徐小凤那首《漫漫前路》般的题材，我心想，又是《漫漫前路》，怎么这条路仿佛走不完似的，对我来说，这当然是好事。

　　我在想，成熟的女歌手，在宝丽金芸芸的女歌手中真的想不出来。他们那时候都在锐意捧新人，捧出一堆年轻女歌手，像汤宝如、刘小慧、雷安娜、露云娜、陈美玲、陈慧娴……成熟的女歌手，好像只有黄露仪，但是她是唱国语歌的。算了，写吧！

成熟的女歌手，大概有一个成熟的伴儿吧，两个成熟的人，走在一起，走的当然是人生路。不管过去的路怎样，反正都走过了。横在目前的，应该是怀着一颗愉快的心，以轻松的步伐跟身边的伴儿，走着，走着，细味脚下的人生路。《漫步人生路》就是在这种心情下写成的。

　　在你身边路虽远
　　未疲倦
　　伴你漫行一段接一段

说到一段接一段，我突发奇想，如果我有特异功能，我会把这《漫漫前路》三部曲重新排列。按字数排：《莫再悲》，跟着是《漫漫前路》，最后是《漫步人生路》。

每个人，在设定自己的理想目标时，可以说是各师各法的，有人把目标订得远远的，高高的，好鼓励自己加把劲，尽早完成之。亦有人把目标定得近一点，尽快地达到以后，才把目标推前一点。这样一来，让自己在成功感中进步。我个人属于后者。

　　无用计较
　　快欣赏身边美丽每一天
　　还愿确信
　　美景良辰在脚边

黄霑跟我提过"家乡随脚遇"的诗句,他亦用了在《忘尽心中情》当中。我亦以此诗意为张伟文写过《处处是家乡》。这里我想说,只要两个人都怀着积极乐观的心情去看事物,则脚下每一步都会是"良辰美景"。

　　　　让疾风
　　　　吹呀吹
　　　　尽管给我俩考验
　　　　小雨点
　　　　放心洒
　　　　早已决心向着前

　　这首词跟《漫漫前路》最不同的地方是那种牢不可破的爱情观。因为徐小凤在我最初为她写歌时,她千叮万嘱,不要写"情情塔塔",所以,我很后期才为她写《无奈》和《流下眼泪前》。

　　歌词完成后,邓监制说其中两句要改,我已记不起要改的原词是怎样的。只知道我改成:

　　　　风中赏雪
　　　　雾里赏花
　　　　快乐回旋

　　这十二个字把抽象的意念生活化起来。他们到底生活得有多快乐，这里告诉你。下雪天该很冷的吧。他们偏偏还要冒着寒风去赏雪。不管落雾的天气有多坏，兴致到来，也赏花去。看得清楚、看不清楚已不在考虑之列。在这样恶劣的天气中，仍感到好像被快乐环抱着。这一改，竟收到点睛的效果。

好玩的是，这明明是一首情歌，但通篇词章，找不到一个情字或爱字。这样写法全属偶然，写的时候没有刻意卖弄技巧的意图。我是最近要为词会办一个讲座时，因为要为会员们导赏这首歌词才发现的。词评到底不是我的专长。

还有一事很凑巧，《莫再悲》和《漫步人生路》的旋律同出自中岛美雪这位日本作曲家的手笔。

《鼓舞》，跑出光明前路

陈欣健先生开拍青春剧《喝采》，邀请我为这部电影写主题曲。

那天，正好在他家里拍戏，我应约到那里和他研究主题曲的内容。

歌词的主旨是劝告一位患病的好朋友到外地接受治疗。

旋律是陈百强作的，他也是这部电影的男主角，而他戏中的好朋友就是剧中女主角翁静晶。

我第一次见翁小姐时，惊讶陈欣健哪里找来一位如斯清纯美丽的女孩子，她站在陈百强身边，我深深地体会到什么叫做金童玉女。他们俩真的很相衬。相信电影拍出来一定打动许多年轻人的心。

我很高兴接到一份这样有意义的工作，而且我相信陈百强一定会唱得很好。加上银幕上的画面，我幻想着一个动人的场面，问题是我能否写出一首动人的歌词。

每次接到一件工作，兴奋之余，随着而来的就是担心。兴奋和担心就像一对双生儿般永远缠绕着我。

打从那一刻开始，脑袋就被这旋律占据了。无论行立坐卧都在构思怎样写好这首歌词。

终于，任教的学校开运动会，我即刻开了窍。就把这段旅程看作是运动场上的跑道，跑出快乐健康的人生。有了这意念，一切都迎刃而解。

于是写成了：

　　路上我愿给你轻轻扶
　　快快跑上欢笑的跑道
　　剩一分力仍是要抓
　　抓紧美好

借着这一段歌词写出对朋友的细意呵护和劝勉。跟着给友人一份希望、一份憧憬和有力的信心。

　　春风一吹草再苏
　　永远不见绝路
　　明日会点　今天怎可知道
　　无谓悲观信命数
　　似朝阳正初升
　　你会踏上那光明前路
　　愿知生命诚可贵

求为你鼓舞

歌词终于写好了，亦到了交词的死线。但我总觉得还差一点点。整首歌词似乎欠了一句有力的语句。

当日陈欣健要到 TVB 录像节目，那时候 TVB 还在广播道，我答应了把歌词交到录像厂去。

那时候 TVB 只有三个录像一般节目的厂，我知道他在二厂录像，我便走到三厂去继续苦思我的句子。

这是我的信念，我相信每首旋律，每句乐曲一定有一句绝对配合的歌词的，找不到这绝配的句子，我誓不罢休。

那时候，没有手机，只要我不出现，陈欣健是找不到我的，但是，我又怕他录完节目后离去了，我错过了这段时间，再找他很费时失事，且亦失信于人。就在这种紧张心情下，灵感突然出来，像电光石火般，闪出一句我追求的绝句。

将一声声叹息
化作生命力

我即刻找贴纸贴在原来的句子上，把新的句子填上，如释重负般跑到二厂交"功课"去。

我把这首歌命名《鼓舞》，但想不到唱片面世时，这首歌竟易名为《喝采》，这歌名与词意风马牛不相及，唱片公司为了讨宣传上的便宜，硬把歌名与电影挂钩，

完全不顾创作人的尊严，白白糟蹋了创作人的苦心，痛
心之余唯有：

> 把一声声叹息
> 化作反动力

　　之后，凡有访问我都提这件事，渐渐地见到这抗衡
发挥力量，现在这首歌有两个歌名，有时称为《喝采》，
有时名为《鼓舞》。

《真的汉子》

　　《真的汉子》是我在香港电台十大中文金曲中获颁的最后一首金曲奖，之后到一九九九年十大金曲《涟漪》获颁广告歌金奖和二〇〇二年我获颁"金曲银禧大奖"都已不属于金曲奖项。

　　写《真的汉子》前，我已经有一段很长的时间没有为香港无线电视台写电视剧主题曲了。所以当《当代男儿》的导演请我为该剧集写主题曲时，我心里真的有点紧张。

　　由于该剧长达四十集（听起来很好笑，四十集竟然说是长剧了。以前《狂潮》、《家变》那个年代的所谓长剧，动辄都是百集的），所以需要两首主题曲。这倒令我有点喜出望外。

　　不知怎的，执笔要写时，心里有种很不寻常的感觉，预感到这可能是我最后一次为无线剧集写的主题曲了，所以写起来有点火气，这与我以往的风格大相径庭。加上第一首主题曲《真的汉子》是由林子祥和太极七子合唱，宏亮的声音，加上 band sound 节奏的那股强劲的爆炸力，可说是达到空前的震撼感。

完成了歌词后细读时，才真的明白什么叫豁出去，相信在写的过程中，真正进入了忘我的境界，完全代入了那个嫉恶如仇的正义警察的角色内。否则，我写不出以下那狂放得带点傲慢的句子。

> 谁人在我未为意
> 成就靠真本事
> 做个真的汉子
> 承担起苦痛跟失意

付出了努力，一定有回报的，我竭尽所能写成《真的汉子》这首词，很多年以后（二〇一一年），我应一家保险公司的邀请，为他们举行一个以"事在人为"作主题的讲座。讲座开始前，与会的百多人一起起立，高唱《真的汉子》这首歌。我初以为他们随便选唱一首我作的歌，以示对我的欣赏。后来我才知道，原来他们是以这首歌作会歌，以策励会员的斗志。他们这个会的会员不分男女，可以说是达到人人识唱这首歌的地步。而这首歌他们已经唱了十五年了。那次的讲座实在令我太感动了，感动是因为自己的作品受到重视。

也许他们的会长真的很喜欢这首歌，我写的歌词中有一些句子是经过刻意经营的。

毋用敌意扮诚意
行动算了不必多砌词

"敌意"与"诚意"是两个极端相反的词，歌词把两个抽象的意念变成行动，绝！

做个真的汉子
人终归总要死一次

歌词写到最后，相信我的情绪随着音乐高涨，最后竟写出：

无谓要我说道理
豪杰也许本疯子

阿 Lam 与太极七子以狂放的声调唱出，再加上歇斯底里的嘶喊声，把歌曲的情绪推到至高点，听的与唱的都有一种痛快淋漓的感觉。

《醉红尘》源自隔红尘

　　一九八〇年的冬天，我和太太趁圣诞新年假期，到北京去观光。

　　在故宫游览时，导游指着高处的一条小径说，这景点叫隔红尘，相传是清代皇帝禅修的地方。意味着过了这条小径，便与红尘隔绝了。当时觉得很有趣，"隔红尘"这三个字便牢牢地印在了记忆中。

　　返港后，接到一个任务，就是要为TVB的新剧《英雄出少年》写插曲，剧集是由石修、黄玮、苗侨伟等人演出。插曲是由顾嘉辉作曲，关正杰主唱，虽然不是主题曲，但算是一首很瞩目的歌，于是我抖擞精神，做好这件事。

　　剧集是描写五位年轻人在少林寺学艺的情形，少不免有些爱情线加插其中，剧中的女主角是欧阳佩珊，插曲可以自由些。因为唱的是正气凛然的关正杰，不能走青少年的跳脱路线，但旋律却是很俏皮的。

　　我终于决定以说书人的身份去冷眼旁观这几个青年

人的行径。设想这五个青年人在寺院中发现了一个女孩子，自然有些心野。但又受寺门的规条所限，我想用这首歌来描述这种矛盾的心态。

开始时，描写习武的地方：

　　野寺里原也暮气沉

但当来了一位女孩子的时候，随即起了变化：

　　你令到灰暗变缤纷呀

这是美丽的女孩子特有的魔力。
青年人忽然感到

　　漫吐芬芳花自能迷人

所谓"酒不醉人人自醉，花不迷人人自迷"，正好描述这番情景。他们到底是几名血气方刚的年轻人，习武时，少不免

　　躁暴狂态像野人

但当对着这如花似玉的女孩子时自会有

　　你令众小子变拘谨呀

我们那些年，男女校的男生和全男校的男生就有这个微妙的分别。几个小伙子在修行练功时本已练到以下境界：

心镜不染尘，似流水共行云

奈何女娃一在眼前出现，又禁不住

红鱼前眼角轻窥探

顿觉

红尘仍吸引

于是，这几名小伙子又由禅修的境界重堕红尘中，且有沉醉依恋之意。

由于歌词用字不太现代，关正杰唱来不觉轻佻，加上顾嘉辉的编曲，形成当时乐坛少有的小调歌曲，《醉红尘》又轻易地摘下当年港台十大中文金曲的一席。

此刻我在想，如果没有这趟旅程，我一样有机会写这首歌，但一定不是这个模样，也许会更好，不过一定少了这份色彩。

又如果我有了这段旅程，但没有机会写这首歌。那么，"隔红尘"这三个字，在我脑海中，只是北京故宫的一个旅游景点的名称而已。

但现在这两件事刚好不迟不早，一先一后地发生了。凑巧我亦能把这两件事串连起来，于是成就了《醉红尘》这首有特色的歌词。

再有另一个可能，如果辉哥的旋律不是这样子的，这故事又将要重写。因而我一直相信，一件事的成功，多少都关系着天时、地利、人和这三个因素，缺一都不圆满。真的要缺，缺地利好了。缺了地利仍可以说机会一半半。俗语有话"半由人事，半由天"。

命运是对手，永不低头

　　继《青春热潮》和《执到宝》之后，一直到《阿信的故事》才有机会再和甘国亮合作。

　　这剧集的播映权是由黄筑筠女士从日本买回来的。那时，甘国亮刚从无线的制作部调往行政部，是他请我为这剧集写主题曲的。

　　过往很多日本剧集都沿用原来的主题曲配上粤语歌词的，但这次比较特别，他们请林敏怡为剧集作主题曲，我由《珍惜好年华》开始跟林小姐合作，一直都有很好的成绩。

　　我看了"天书"（注：天书是剧集的大纲），看了几集片子，大致上可以掌握此剧的精神，加上成长的环境，家母的辛劳，与阿信只是程度上的差别，东方女子坚忍、刻苦的精神都是一样的。所以我以阿信作蓝本，加上对母亲的观察，要写好这剧的主题曲，是没有难度的。难度是怎样去提升这女主角的精神面貌，使之不落俗套。

命運是對手 永不低頭 迷束没扰怨 半句不去問理由 你踏著荆棘 去奔走 志奋起 从頭成功只有靠一雙手　鄭國江書

《阿信的故事》书法作品

云与清风

可以常拥有

关注共爱

不可强求

　　由于旋律的配合，我可以在"不可强求"后面，再以一组"不强求"重复句，去强化这意思，而使下面两句更显张力。

如必需苦楚

我承受

　　东方妇女的温婉娴淑，尽在这段歌词中描绘了出来。末句展示其坚强的意志，所谓外柔内刚。

谁会珍惜

当你还拥有

将要逝去

总常挽留

　　这是一般人对人对事的心理状态。

求今天所得

永远守

　　这是生活的经验，也是对世情的看透，是一种参悟。

74

命运是对手
永不低头
从来没抱怨半句
不去问理由

　　我说要多谢甘国亮，不单是他给我机会写这首歌，而是他对"命运是对手"这句歌词，给予我的宝贵意见。我原来的歌词是根据剧情写成"命运是对手，我只好低头"。一个女子，再大的力量，都斗不过命运，但甘国亮有他独特的见解，他说香港人一向有不服输的精神，所谓遇强越强。作为一首歌，他希望得到最大的共鸣，所以希望我能改一改。这样好的意见，当然要接纳，幸好旋律亦很配合，可以将"我只好低头"改为"永不低头"，这叫做"一天都光晒"。我们遇到不快的事情，常会抱怨问："何必偏偏选中我？"难得的是，从来没抱怨，甚至不去问理由，这是东方妇女性格可贵之处。

仍踏着前路走
青春走到白头
成功只有靠一双手
奋斗

　　说的好像是自己，其实是与所有人共勉。

死亡，幸而只是游戏

翻看一些旧照片，蓦然发现一张微黄的剧照，仔细一看，剧中人是白燕、吴楚帆和李小龙，这剧照勾起我几段回忆。

这应该是李小龙在《人海孤鸿》中的剧照，拍这部电影时，他还是个年轻小伙子，那个阶段，他好像还拍了中联的《雷雨》。之后，他应该去了美国。

再看见他时，已是在美国电视剧《青蜂侠》中了。

《唐山大兄》以后，他已成为国际武打明星了，连郑锦昌亦以此剧为名，用粤谱《龙飞凤舞》写成一首流行曲，可见李小龙的影响可谓无远弗届。没想到我也有机会添上一笔。相信很少人知道李小龙的遗作《死亡游戏》的粤语版主题曲是在下的作品。当时，罗文仍是娱乐唱片公司的歌星，我用江羽这笔名替他写了不少歌。电影主题曲也有《家法》、《圆月弯刀》等。

这一回，又一首电影主题曲交到我手上。一看是《死亡游戏》，我差点儿不敢相信自己的眼睛，这样重要的任务竟会降临到我身上。歌词在战战兢兢的情况下完成了。难得的是一稿过关。因为娱乐唱片公司的刘太是出了名要求高的，几乎跟她交过手的写词人都领教过她的招数。

黄霑有一个笑话，他说他替娱乐写歌词，先交一个六成功夫的，到刘太叫改时，给她一个八成的，再要改，才送上十足版本。她一定还要求改的，定稿一定无以复加。所以，娱乐出品，是最佳保证。

没想到一件很奇怪的事发生在我身上，完成了这首歌词以后，我忽然患上感冒。其实感冒是很平常的病。看医生时，医生问问病情，这也是一般程序。我把病征告诉了他以后，顺便告诉他，小便颜色很深。这现象我过往患感冒时亦有出现过。但今次问题来了，医生担心我被什么感染，要求我入院照膀胱镜。

我那时候仍任教小学，由于我于课余兼任其他工作，虽然有向校方申请，亦获批准，但为了让校方相信这不会影响我的正常工作，我很少请假的。那一次破例请了一星期病假，奇怪的是验不出什么结果来。出院后，跟朋友们谈起这次的遭遇，我其中一位朋友，是资深的音乐人，他说出这样的一段话：

"你完成了《死亡游戏》这首歌词以后，有没有向刘太讨回一封利是？"

我说："没有。"

"这就是了，幸好是'死亡游戏'，游戏一场而已，不然，你有这么容易出院吗？"

我听了以后，就忘记了，我觉得这事纯属巧合而已。

又过了一段日子，传来李小龙的死讯。我回想起朋友的一段话。心里不寒而栗。事情有时候偏这么巧，真叫人信又难，不信更难。

事情还有余波。

一日，我在上课中，校工突然走进课室来，他说："有几位客人在会客室中等你，校长请你跟他们见见面，已安排了老师代你的课。"

我走到会客室去，看见三位我完全不认识的客人，他们自我介绍，一位是电影公司的职员，两位是自由公会的，都是冲着《死亡游戏》这首主题曲来的。

原来这部电影要在台湾上映，但台湾方面，当时明文规定，所有在该地上映的影片，全部人员都要是自由公会的会员，作曲、写词亦不例外，他们还准备了入会的表格给我。我呆了一呆，随即告诉他们我不方便入会。

他们说如果我不入会，会影响这部电影在台湾上映的，但我真的不想加入什么会、什么组织。我只是填写歌词而已，亦不欲把事情弄得这样复杂，于是我告诉他们说，我是教师，我与学校有约，未得校方批准，不能参加其他工会或组织。

事情到了这个地步，我唯有牺牲我的权利，请他们出字幕时，填词人一项删掉我的名字，随便他们换上一个他们认可的名字算了。

事情总算告一段落，我虽然损失了一个扬名国际的机会，不过，我亦不觉得有多大损失。起码在我平凡的生活中添上一些经历。到最近我才发现他们用了国雄作填词人的名字，而有趣的是我已故的姐姐就叫"郑帼雄"。

《难为正邪定分界》

除《虾仔爹哋》外，这是我第二首以两把男声写成的歌。

旋律仍是顾嘉辉先生的作品，但有别于他一贯的写法，副歌部分以很特别的二部和声写成，听起来好像两位歌者在雄辩滔滔似的，加强了凡人和魔鬼两位主角的对立感觉，这也是我歌词的灵感来源。

这首歌与《虾仔爹哋》是两个极端，这首歌很有艺术歌曲的味道，因此我要以较严肃的态度去写，以歌剧的手法去处理。这教我想起"浮士德"，一出魔鬼向凡人买灵魂的戏剧，所以，歌词中有以下的句子：

努力未愿平卖
人性我没法贱卖

由于凡人的不肯妥协因而演变成

今天死结应难解

再激化成为完全对立的姿态，凡人要

努力兴建

而魔鬼则

尽情破坏

这永不休止的对立行动，我写的时候，是一九八二年，那时候只是随随便便举一两个对立的例子而已，没想到二〇〇一年美国的两座摩天大厦，在短短几秒钟内应声倒下，拉登把我这两句歌词实现得如此彻底、如此惊心动魄，我再细味这八个字时，直教我胆战心寒。"9·11事件"是活生生的魔鬼与人的对决。跟着的那句：

彼此也在捱

算是"9·11事件"后美国和拉登两个阵营的纠缠，一个极恰当的写照。

除此以外，歌词对社会现象也借着凡人的口，加以大力鞭挞。

世界腐败
犯法哪需领牌
法理若在
为何强盗满街

借着这略带夸张的描写，去引起听众的共鸣，再以"人海"和"沧海"的冲击作比较，带出"难为正邪定分界"这主题。

那边厢魔鬼却自鸣得意地唱：

看吧
邪力正强大
看吧
强盗满街
呀！难为正邪定分界。

同一句话，魔鬼说出来时，是自鸣得意的。而凡人说时则愤慨难当。我自己也很喜欢这首歌，喜欢它那强烈的戏剧感。一开始，凡人和魔鬼先后各自来一段独白，这段独白刻画两个角色的鲜明性格。先由凡人表态，显示其决定以不屈不挠精神去对抗命运的决心，并以事实证明这决心足以排除万难。

人生的彩笔

蘸上悲欢爱恨
描画世上百千态

也许因为我喜欢画画，因而有这段描写。

控制命运
任我巧安排
看似梦幻
凡人难尽了解

最后魔鬼侃侃而谈，夸耀其破坏力及对人类的威胁，并表示其能力足以控制人类的命运。

这首歌，最初仅在校园内流行，因为有戏剧元素，适合学生们表演用。表演次数越多，积累的听众也越来越多，受欢迎程度也越来越大。

歌曲也有自己的命运

由于我真的很喜欢写词，所以我是很积极争取机会的，当年因为做《芝麻街》的宣传特辑，认识了编导吴慧萍。她负责《温拿狂想曲》这个年轻人的节目。节目很受欢迎。有一次，我听到他们唱 *L.O.V.E. Love*，觉得很好听，歌曲很受欢迎，而我亦很喜欢这首歌，所以便把它填上广东歌词。当然觉得填得很好，自己文章嘛，一直把歌词带在身边，等待机会交给吴慧萍。

歌词交给了吴慧萍，也转达了希望有机会让温拿在节目中演唱的讯息。日子一周一周地过去，节目一辑一辑地播出，我那首歌却像石沉大海般。我亦由满怀热望等到绝望。

日子过了不知多久，一天，一位自称 Pato Leung 的人给我电话。他说温拿准备出新碟，有几首歌想交给我填词。我登时像五雷轰顶似的，几乎晕了过去，没想到那播下的种子，长得比我想象中茁壮。

记得那张唱片我写了三首歌，印象较深刻的要算阿伦唱的《梦》，由于歌词中用了很多个"心"字，Pato 把歌名改为《心梦》，这是我为谭咏麟写的第一首歌。

没想到这一首歌以后，我竟独挑大梁为谭咏麟在宝丽金唱片公司的第一张个人大碟包写全部十二首歌词，这对当时还在新人阶段的我，可说是一大考验，也是我的一大挑战。

后来，阿伦在我的四十周年演唱会上向观众透露，原来录这张大碟时，他正在台湾拍电影，他只有四天时间去完成这张大碟，怪不得唱片公司方面催得我这么紧，部分歌词还是在录音室写的，阿伦在录音房内搭歌（注：搭歌即录 vocal 部分），我在录音房外赶词。他没唱到气咳，我却赶到气咳。

说到赶歌词，最难忘的是《唱一首好歌》。那天，我刚在 EMI 交完歌词，已是入夜时分。下一个 deadline 是交这首歌到宝丽金去。EMI 的录音室在又一村，宝丽金的录音室在佐敦。

我那时候，无论去什么地方都带着一个箱子。箱子里面有一个卡式录音机、耳筒，几盒工作用的录音带、几份乐谱、一支 4B 铅笔、一块软擦胶和一叠稿纸。

箱子是我的临时书桌。坐巴士时，放在大腿上写。在公园，坐在长椅上，一样放在大腿上写。身边的声音，眼前的景物，结合想象力，自然形成一段段安静地坐着想不出来的情节、画面。

这首歌最初是在巴士上写的，在又一村乘坐二〇三巴士便可到达宝丽金。但嫌巴士开得太快，抵达目的地时，我一定未能及时完成，所以当巴士驶到有灯光的地方我便下车，边走边构思，当时沿着弥敦道走。没想到，半路上，竟下起微微细雨来。更没想到这竟然给我带来灵感，我就把当时的情景写进歌词中：

> 车身边驶过
>
> 轮胎轨迹轻拖
>
> 微雨正细细下
>
> 她走了日子怎过

这神来之笔，给歌词添上神采，成了以景入情的佳句。这是坐在书房内，未必可以想得出来的。

这首歌播出时，阿伦刚好为 TVB 拍摄电视剧，导演喜欢这首歌，临时加插在剧中成了插曲，所以我说不单是人有运行，歌曲一样有它的命运。有时是人带好运给歌，有时是歌带好运给人。

说到歌的命运，不能不提《小风波》这首改编自 *All Out of Love* 的歌，歌本来是写给陈美玲的，但不知什么缘故，她没有唱。歌一直放在唱片公司的文件中，碰巧阿伦的新碟欠一首歌，又碰巧给他把这首歌翻了出来；一首写小情侣闹别扭的歌就这样给他唱红了。不是命，是什么？这歌就像某些有潜质的艺人一样，明明被放弃了，但不知什么时候，遇上伯乐，瞬间又红起来。

《红颜》，绝迹喜庆场合

　　说到歌曲有自己的命运，我忽然间想起《红颜》这首歌来。

　　《红颜》是无线电视（香港无线电视广播有限公司）的剧集主题曲，也是黄淑仪移民加拿大后重返无线拍的第一部电视剧，男主角是当年红遍粤语片坛的谢贤，导演是拍《上海滩》的招振强。当他找我写此曲歌词的时候，交代下这一句话：此剧的宣传重点是黄淑仪的女人味。歌曲交由 EMI 制作及发行，由顾嘉辉作曲及《上海滩》的原唱者叶丽仪主唱。对我来说，这来头来得有点压力，但为什么不是《上海滩》的原班人马呢？我不便细问。

　　《红颜》这首歌的旋律完成以后，亦差不多是录音的期限了。顾先生特别交代，这首歌的曲式有点特别，它一开始已经是全曲的高潮所在，是整个旋律最澎湃的一段，编曲亦是。

　　为什么顾先生要这么隆重地给我解说呢？因为，录音期订好了，不容有失，要是我的歌词失准，就没有时间再改写了。这么一来，更加重了我的压力。

可幸运的是，我几乎可以说是压力的绝缘体。我唯唯诺诺地应了，回家便开始工作。

我工作的习惯和态度与旁人想象中的作家是很不同的。

第一，我的工作台，是一张有防火胶面的折台，那张折台是我读书时候开始使用的，伴着我成长。读书时温习，做功课。学设计时画画。现在用来改卷、写词，用的时候打开，不用的时候折起来，不妨碍地方，又随传随到，哪儿需要便搬到那儿。

第二，不需要等待灵感，一拿起笔便写个不休，一稿、两稿……不断地写。意念会在不断的尝试中涌现。

第三，不选择工作环境，在车站等车时可以写、在渡轮上可以写，很多时候还特别选择人多的地方去，跻身在嘈杂的人声中，特别容易刺激我的思潮，例如茶餐厅、茶楼，甚至剧院。我曾经在新光戏院一面欣赏京剧一面写作，速度和质量丝毫不逊平时。

第四，我不烟不酒，不过有时会吃零食，花生是我的至爱，特别是带壳的咸干花生，因为我较易上火，咸脆花生会很热气。詹惠风曾对我说，他作曲时可以不饮酒，但写词时一定要饮到有点儿微醺时方可以进入状态，阿弥陀佛，幸好我没有这习惯，至于烟不离手的便有双沾，黄霑与卢国沾。

写不出来时怎么办? 容易, 洗头去。

走进浴室, 弄一头泡沫, 再洗干净, 我迷信, 这样会把充塞在脑袋中的繁杂意念随泡沫冲去, 走出浴室, 又是一个新鲜的脑袋。

但这回没说的容易, 开始时的一小节音符, 已把我扭得死去活来。

234–2344–2345432123. 234, –2344, 234454321–. 一连串的 234 在短短几个小节中不断重复, 最要命的还要 234 之后跟随着的是 2344, 我希望选用的字句能与音符相配, 要登登对对的配合。

终于找到了。

无力挽
无力再挽
无力挽春去为何太短暂

重复的音符, 配上重复的字句。我自问交足功课, 曲词合拍, 叶丽仪亦演绎得出色, 配上精彩的编曲, 一首绝佳的乐曲, 理应备受欢迎。无奈, 遇上不适合的时机。

歌曲推出时, 刚好碰上十年一遇的股市崩盘, 股民正齐声痛哭, 几乎是全民皆股的时节, 左来一句无力挽, 右来一句无力再挽, 真的哚, 哚, 哚!

还有作为一个歌手, 最赚钱的除演唱会外, 便是在一些喜宴中演唱,《红颜》却不能唱。一句"命似落花,犹如薄命红颜"使这歌绝迹嫁娶婚宴，再一句"煦灿夕阳变黯淡"又绝响于寿宴及业绩庆功。

但是，叶丽仪曾公开表示，《红颜》是她歌曲中的第二至爱。

梅艳芳的几段情歌

我是个后知后觉的人，特别是对别人的爱情故事。

我一直有为梅艳芳写歌，当然也离不开情歌，第一首，给我觉得有点儿特别的，是写《梦幻的拥抱》那一次。

《梦幻的拥抱》是改编自 *Careless Wisper* 的。记得当阿梅交这首歌给我时，蔡国权的那首改编自同一首西曲的《无心快语》已唱到街知巷闻，我觉得没必要跟人硬碰，尤其是到她出碟时，已失了先机，但梅小姐却一意孤行，而且还罕有地，把她想写在歌词中的意念写在小简上给我参考，所以，我亦可以罕有地写得丝丝入扣。

　　相识于偶然
　　悠然手相牵
　　在舞池中通了电
　　扶着你的肩
　　瞧着醉人的脸

愿意共舞面贴面
指尖有电传
I'll Never Gonna Dance Again

口中不断说以后不再跳舞，其实心里缅怀着那缠绵的
一舞，知道以后跟任何人跳都不是味儿。

So I'll Never Gonna Dance Again
和别人没法跳得自然

阿梅唱来，感情投入，使这首迟来的双胞歌，能在歌
迷心中稳占一席位。

这件事，我当时都有点疑惑，但我会错意，以为歌曲
中的男主角是西城秀树，因为当时，阿梅好像是西城秀树
歌迷会的会长还是什么的，直到，阿梅逝世后，近藤来港
拜祭，杂志把当年阿梅的访问稿重新刊登，我才恍然大悟。

于是我联想到，我曾经为阿梅写过一首叫《珍惜再会
时》的歌。一对异国情鸳，每次匆匆相聚后，又要分离，
会不会真的像歌词中那样呢？

再度跟你话离别
无尽细语泪还热
快乐感觉没法淡忘
离话要说不忍说

无穷爱意因你起

我愿将心交给你

不愿对着暗泪垂

亲一亲我转身去

　　几番的转身说再会，难舍难离，缠绵凄恻的道别，这叫做徘徊往复。

　　之后，有近藤和中森明菜结婚的消息传来，好一双金童玉女，我哪里知道阿梅是伤心人别有怀抱，偏偏在这个时候，收到华星唱片公司交来欧阳菲菲在日本唱红的一首 *Love is Over*，我顺理成章写成《逝去的爱》又一次记录阿梅的恋情。

Love is Over

像那已逝的美梦

当初的爱去匆匆

旧爱再莫忆心中

Love is Over

共你以后不再会

天色跟脸一般灰

尽这最后的一杯

今天忆否当初亲口

风中起誓那一句

想起当初交出真心

今天消逝已失去

一朝分散不再聚

情义付流水

　　没想到一段异国情的终结，竟被一个不知情的人，无意中记录下来，说来，也是时间的巧合。

　　《逝去的爱》之后，我还写了《孤身走我路》。如果没记错，这应该是谷村新司作曲，山口百惠主唱的歌，我觉得这首歌很好听，我很想知道歌词的内容，但我又不懂日文，于是千辛万苦找到一位懂日文的朋友，逐句逐句地解释给我听。

　　我觉得歌词很有意思，很想照原意写出来。明知这是一件不容易做得好的事，但我偏想向难度挑战，其中一段是这样的：

孤身走我路

是痛苦却也自豪

前面有阵阵雨洒下

泪儿伴雨点风中舞

哪怕每天都跌倒

我信我会走得更好

　　怎样好法？一个歌手，按着自己的节奏走着、舞着，边走边舞，边舞边走，望着地上自己的纤纤瘦影，不自禁地自怜自顾。

> 孤身走我路
> 独自摸索我路途
> 噢　问谁伴我影
> 歌中舞

词写好了，当阿梅录音时，她自己改了一个字，而这个改了的字，更切合她的身份，我的原词是"问谁伴我影风中舞"，她把"风"字改成"歌"字，变成唱着舞着，字面及意境都更美。

我记得，有一次冯宝宝在酒城夜总会为叶振棠做演唱会嘉宾时，特别选唱这首歌。大概是喜欢这首歌带点自负、倔强和自勉的感觉吧！

印象中，我最后见梅艳芳，是在北角星岛的录音室。那个晚上，黎小田替她录音，我惯常地交歌词到录音室去。

到达时，她在练习和成龙合唱的《缠绵千遍》。趁着休息的空间，她走出来和我打招呼，我把黄良升作曲的这首《痴痴爱一次》给她看。她看罢歌词后，很凝重地对我说："郑 Sir，我一定好好地唱好这首歌。"我当时不以为意，只当是礼貌的美言而已，哪里知道她话中的含意，到知道她和近藤的故事以后，才明白"让我，就让我痴痴爱一次"这句歌词，正是她内心的呐喊！

"宝贝"，写给两位星级爸爸

　　我当然知道自己几多岁，但我从没把岁数放在心上。但这一回，真的吓了我一跳。

　　在林子祥的演唱会中，在电视的广告片中，我看见他跟一个小伙子在唱歌，怎么，这个可爱的年轻人，就是他的儿子林德信 Alex。

　　为什么会吓一跳？记得那天，林子祥和我在餐厅吃早餐时，他交一首歌给我，说是写给他刚出生的儿子的，回忆起来，仿佛是不久前的事，真的记不起是哪一年了，只知道已过了很多个年头了。

　　Alex 是在美国出生的，我当然没见过他，我只凭想象写成这首歌词。

　　　　看着这心肝小宝贝
　　　　样貌像西瓜那样甜
　　　　面又像西瓜那样圆

嘴巴小　眼亦圆
你说要天空的小火箭
我愿望即刻可相献

　　一次跟阿 Lam 进早餐时，他在听电话，从他的面部表情和身体语言，我猜想一定有一些使他感到极其开心兴奋的事情发生了，不过，我没有问，他也没有说。过了不久，就发生了上述那次早餐的事，于是我恍然大悟。本想在文末附阿 Lam 抱着小 Alex 的照片，以飨读者，可惜那批照片在一次火灾中全部焚毁了。

　　这首歌叫《心肝宝贝》，唱片推出时，有阿 Lam 跟他儿子的合照。那孩子的面孔，真的像西瓜那样圆。这完全是一个巧合。至于阿 Lam 唱《分分钟需要你》时的"火箭"又在这首词中再度出现，这是另一个巧合，而这些巧合都不是刻意可以安排到的。

　　过了不久，又接了一部电影的主题曲，作曲的是顾嘉辉先生，主唱的是刚为人父的关正杰。戏名不怎样好，叫《失婚老豆》，但歌词，倒是很配合关正杰那时的心情的。不信，且看看：

宝贝儿
手中轻抱
爸爸心情你知否
宝贝儿

哇哇一叫

爸爸心已乐透

学跳学行

小手紧扶我的手

　　我希望借着手的感觉去写关正杰初为人父的体会。先透过"轻抱"两字去描写他最初抱着婴儿时的那双手，表达他的喜悦心情。再以他问婴儿知否被他抱着时的喜悦，以描写他那乐极忘形的心态，相信婴儿的叫声在关正杰耳中是世上最美的旋律。

　　继而以他扶着孩子学行时，那手的接触去写父亲对孩子的关爱。孩子的小手紧握着父亲的手时，表现的一种依赖。

　　这首歌叫《宝贝儿》。

　　无独有偶，两首歌都有"宝贝"两字，这几乎是旋律决定的。换句话说，林子祥和顾嘉辉写旋律时，已潜意识放了这两个字在音符中。广东话是一种音乐性特强的语言，容不得你胡来的。每个音符，都决定了你可用的字。

　　再细味这两首歌词，如果两位歌手对调来唱，也会有不自然的感觉。音乐就是这样有个性的，歌词亦一样，信焉！

　　《心肝宝贝》无论是曲或词，都带点调皮鬼马。这种感觉关正杰唱来会打折扣的。同样，如果由林子祥唱《宝贝儿》，他会唱出歌词的意思来，但不像他要对自己儿子说的话。其实作曲也好，填词也好，有意无意之间都会受到歌星的形象影响。

《食德慈爱》，与卢冠廷再结歌缘

最近，我接到佛教联合会修岸师传真过来的一封短束，邀请我参加他们在艺穗会办的一个斋宴。斋宴以自助餐形式进行，是为一首提倡素食和减碳活动的主题曲录像。活动中亦顺带颁奖给在填词比赛中得奖的中小学生。记得在二〇一二年的国庆酒会中，我与修岸师重遇，这真是一个缘分。因为我们失散了很多年。

二〇一二年年底，修岸师邀请我为他们举办的素食运动主题曲写个示范篇，好让参赛的同学有个启示。旋律由卢冠廷创作，近年因为社会推动环保，这位环保先锋一号忙个不停。我跟他的合作比在流行曲流行的年代还多。这一次亦不例外。

很奇怪，大抵我跟他的脑电波交流得很好，每一次他的旋律交到我手上时，一听一哼，实时爱上。填起词来也特别得心应手，仿佛旋律是为我的歌词而写似的。

这首素食歌，就是最佳说明。开始第一个小节简谱的音是 345，正好嵌入"食素好"三个字。有道好的开始，是成功的一半。

食素好
谁亦爱
萝卜青菜
菜根香
豆美味
谁都喜爱

小时候住在湾仔，附近有两家素食馆子，一家名小祇园，现仍存在，且生意不俗，另一家名菜根香的，现在似乎没有了。年纪小小的我很喜欢那名字，所以一直惦记到现在。只有吃素的人，味蕾清淡，才能有福慧尝到菜根的香味，这店名成了一个名词，没想到今天能用在这里，天意。

野菜拼菰与菌
绝配精彩
山珍清淡
健康华盖

这一段正好说明素食像一个健康的罩，好好地保护着我们。

六耳汤
银杏宴
延寿千载

六耳汤是素食者的补汤，其中一味黄耳，是颇名贵的
山珍。银杏能延缓衰老，常吃说不定真的能享百岁千年。

八宝粥
香菜饭
成经典菜

这两道食物的名称起得不错吧。八宝粥，真的各师
各法，只要选择八种素食材料自然一煲而就，丰俭由人，
至于香菜饭是脱胎自京沪食物馆的菜饭，是店中必备的。
至于出家人，哪家厨房会没有菜蔬的呢。

戒杀
爱惜众生
绝戒腥荤

歌词点题了。素食的重点在这里：

珍惜生命
大德仁爱

《食德慈爱》MV 拍摄花絮，歌词鼓励市民多吃素食

请推动

食德慈爱

　　此歌本以首句"食素好"作歌名，取其简单直接。但主办机构自有他们的一番见解。他们较喜欢以末句"食德慈爱"作歌名，我深深体会到出家人慈悲为怀的信德，《食德慈爱》这歌名带点禅味。《食素好》，相较之下，似商业味稍重的广告歌。

《亲爱的》，救救追星族

　　有一天，我看到报纸上一篇标题为"填词人救救孩子吧！"的散文，内容节录如下：

　　"歌星的魔力，原来是出奇的大！然而，也使一些父母忧虑影响了儿女身心的成长。"

　　"行外的朋友说了一个事实：一位有两名女儿的妈妈，为女儿们疯狂地迷恋某男歌星，完全无心向学，既气又急，却想不出纠正她们观念的办法。"

　　看到这里，我想起我在"五台山"（注：即广播道，当时附近共有佳艺电视、亚洲电视、无线电视、香港电台、商业电台五大传媒机构，故称五台山。）工作时，眼看一群群年轻的追星族前赴后继的，由这个台追到那个台，为的是看他们的偶像接受电台或电视台访问前后出现的那惊鸿一瞥的一面，于是不在乎背着书包，啃着面包，三五成群的，或坐或立，冒着日晒雨淋，耐心地在等待。

　　他们的光阴在焦急的盼望中，手机的倾谈中，拿着偶像的照片、剪报争相比较欣赏中流逝。书包或背囊里的书本却被冷落。心想，如果调换了对待多好，有时真的感到很心痛。

回想自己年轻时亦曾有类似的经历。当然，那时候的明星，是不容易见到的。我们的迷，也止于谈论，各为其主的争辩而已。最常见的行动是寄信到影片公司，索取明星的亲笔签名玉照，谁收到了便争相传阅。收藏或交换明星亲笔签名相是最流行的玩意儿。

为了心头好，也有到一些售卖明星相的店铺购买复印的相片，有一些连明星的签名也印在了照片上。有时候，明星们为了宣传新戏也会送一些照片给各大娱乐报刊，让读者索取，或作为参加游戏的奖品。

有一次我买了几张芳艳芬在电影《槟城艳》的剧照，仿了她的签名，趁热闹跟同学们交换，成功换了一些有签名的照片回来，现在想起来，可能换回来的也是冒牌的 A 货，但那时候，仍欢喜了好一阵子。

其实，追星、影迷、歌迷，每一个年代都有出现，只是时代不同，形式有异而已，抚今追昔，难免有感。于是想起可不可以写一首歌，由他们的偶像唱出，稍遏制这种疯狂的行径呢，有了这个念头以后，一直等待机会。

终于，一首刘德华主唱的歌交到我手中，旋律的首句是323，我配上"亲爱的"三个字，这三个字以后的发展可以很多，可以对女朋友，可以对子女（这个当然不适合当时的刘德华），还有……终于想到亦可以称呼他的"粉丝"，想到这里，思思接了轨，把心一横，就写一首叫迷哥迷姐们不要花时间在无谓的等待中，而把时间用在功课上的歌。这样，我（指刘德华）会更爱你们，主意立定，开始构思。

终于写成这名叫《亲爱的》的歌，歌词节录如下：

亲爱的

求明白我多苦心

亲爱的

原谅我狠心

亲爱的

时候原是很宝贵

不要因等我

心被困

亲爱的

常明白你很忠心

亲爱的

原谅我不忍

亲爱的

留待来日再相见

我愿你可了解心里真

亲爱的

为何浪费好光阴

亲爱的

毋为我苦等

将我心

全部溶入歌声里

答谢你给我的真挚心

空气中

跟你心接近

　　歌词写好了，重看了几遍，可以修的修，可以改的改，到完成了以后，要传真到唱片公司了，那时候，一个念头涌上心头，"郑国江，你的思想是不是出了什么问题，要刘德华自己叫自己的粉丝不要再等他，这样的题材亏你想得出来，你的脑袋去了哪里"，我在骂自己。

　　心里也在犹豫要不要送这首词出去，思索了一会，决定送出去，因为歌词是带正面信息的，能被接受最好，要不，最多重写，好歹都要博它一博。歌词送了出去以后，一直没有回音，我当然不会主动去问情况，反正手边仍有要做的工作。

　　不知过了多久，偶然在收音机中听到这首歌。我几乎不相信自己的耳朵。真的高兴得不得了，跟着收到唱片公司寄来的合约、支票。知道自己的心愿达成了，少不免有点激动，为的是感受到刘德华不但爱惜自己的歌迷，同时正视社会上这股歪风，所以顾不了倒自己的米，也毅然接受这首歌。

　　相信当年听"华仔"话的粉丝，现在已经长大了，甚至为人父母了。要是儿女重复他们青年时的行为，这首歌，或许仍有些影响力，让这首歌一代一代地延续下去，华仔，你真的功德无量！

《回家吧》，放开心中的他

那年，谭国基忽发奇想，在丽晶酒店订了一个房间，让我们夫妇俩入住一星期，条件是我要为他旗下的一名女歌手完成一张大碟的歌词。当然，填词费用由唱片公司负责。

对我来说这主意颇新鲜。那是我第一次享受城市假期。我也分不出是寓工作于娱乐，还是寓娱乐于工作。七天要写十二首歌，对我当时的工作量来说，不算繁重，但手上仍有其他歌手的词约。

有一个晚上，该是很晚的时分，我看见一名少女，神情落寞地在商场一角呆坐。不知怎的，我忽然兴起一个故事，一个失恋的少女的故事。随即想到这一类故事，可能同一时间，在不同的地方也在发生，这该是一个社会现象，心想，可不可以作为歌词的题材。

于是，我坐言起行，即折返房间，翻开积存的歌谱，看看有没有适合写这题材的。还要考虑什么歌星适合唱这类题材的歌。

　　终于，给我找到了。手上有甄妮的歌谱，论形象、身份，甄妮算是大姐姐了，就以大姐姐的口吻，苦口婆心地对小妹妹说一番好话吧。就这样写成了《回家吧》这首词。

回家

不必想他　理他

愿前事

就像一片清风

轻轻吹过

再莫理它

在这里

你听过

数万次虚假的话

仍然被瞒骗

是多么可怕

回家

不必想他

放开心中的他

将往昔通通抛开

不记它不牵挂

你看他

现在似只脱缰马

你没法将它驱策

屈服吧

情缘能断

离别痛苦忧伤

一乐也

回头尚有家

莫惧怕

咽下痛苦

不要泪下

别人在看你笑你

挺起胸

不用怕

咽下痛苦

不要泪下

回家

初恋仿似美丽烟花

是璀璨

但是

留不到它

　　我以前到电台做访问时，总不忘请DJ朋友多播一些《亲爱的》、《回家吧》，或一些有正面讯息的歌。我的设想是，这些歌，可能对某些人在特定的情境下，有些启示作用。

我庆幸我是教师，也是填词人，我希望把我做教师的工作，延续到我填词的工作上，哪怕是一首半首，能有歌星唱，能有 DJ 播，我便有很大的满足感。

两写罂粟花

　　不知打从哪个时候开始，一听到好听的歌，我便把它录起来，听呀听，甚至忍不住想出一个主题，把它填上广东话歌词。

　　第一首罂粟花，便是在这种情形下产生的。某次，从电台节目中听到一首叫 *Wind Flower* 的英文歌，歌的开始第一句便是 323–Wind Flower。听熟了以后，觉得 Wind Flower 这句歌词可以写成广东话"罂粟花"。跟着想到罂粟花是制毒品的材料，于是朝着这方向写出了以下歌词：

　　　　罂粟花
　　　　遗毒更惨过大麻
　　　　老爹说
　　　　若我不沾染它
　　　　就会一生快乐也

青年人虽然经过长辈训示，但好奇的心仍然存在，毒品的诱惑仍在，经常要在取舍两极中作抉择。

　　　　含毒的花
　　　　抛开它
　　　　含毒的花
　　　　太可怕
　　　　莫再恋它

　　最后仍是借着第三者带着一个正面讯息，告诫青年珍惜青春，珍惜光阴，远离毒品。这是一首自娱的作品，由构思到完成，断断续续的，改改写写，到接近完成时，有一种莫名的兴奋。

　　歌词写好后，一直收起来，直到为丽风唱片公司写歌词时，觉得这首歌很适合它旗下的歌星郑锦昌唱，于是把歌词交给监制杨道火先生看，他看了也很喜欢。类似这题材的歌，早已经有《追龙》等。但这首歌唱起来有西方民谣风格，格调在当时来说，较为特别，因此也曾引起一些回响。

　　又过了不知多少年，那时候我已经是半个专业填词人了。陈秋霞把几首她自己作的旋律给我填。那时候，唱片公司很少指定我写什么题材的。因为一些电视剧或电影的主题曲多数交给了黄霑，正因为这样，我才可以构思一些特别的题材，如汪明荃的《热咖啡》、阿伦的《反斗星》等。

在几首旋律中，有一首调子很轻快的，第一句，我写上：

> 谁将罂粟花
> 种于路旁
> 任令它生长

在我的印象中，罂粟花是很美丽的，花形简单，颜色鲜艳，尤其是身处一大片罂粟花田中，看着那美丽的花迎风招展的姿态，真的是很迷人的，于是我继续这样写下去：

> 纯良的他
> 不知花险恶
> 沉溺在它幽香

跟着我又写：

> 沾上它
> 大好壮志会颓丧
> 沾上它
> 健康快乐也尽丧

歌曲完结时，我抛下一个难题。禁者自禁，犯者自犯。

114

世上偏偏有些罪行是禁不绝的。

　　这首歌一推出，即引起很大的回响，这大概归功于歌手的清纯形象吧！甚至有人把这首歌当做宣传禁毒的歌，亦因为这样，利用歌曲去宣传禁毒或戒毒成为了禁毒常务委员会宣传的有效手法。在歌曲推出的翌年，禁毒处便公开征求禁毒歌的旋律，于是正式展开了每年一度的大型禁毒宣传运动。

《凝聚每分光》——香港精神

　　一九九〇年，香港人因对"九七"问题的忧虑，兴起了一股移民潮，流行曲得风气之先，卢永强为陈百强写了《神仙也移民》。这真的一点也没错，这只是反映了当时香港的社会现象，真的，连黄大仙，都被请到加拿大去。一时间，香港的精英分子，纷纷移民。美加政府针对这形势，要把香港的精英吸纳过去，制定一些对这些人士优惠的条款，真的打乱了香港的民心。

　　记得那段时间，银行的服务水平降低了。其他界别的精英亦大量流失。香港陷入一个前所未有的乱局，我明白到什么叫人心惶惶。

　　香港电台有见及此，拟召集全港歌星，制作一首歌希望唤起港人爱港的心，由一位外籍的作曲家鲍比达作曲、我填词，鲍比达在歌曲的末段填上 This is our Home, This is our Place, This is our Dream, We love Hong Kong 的英文歌词。

我自问不擅长写社会问题的歌词，但我相信，别人找你，是对你能力的一份信任，我怎可以连自己都不相信自己？于是决心尽力而为，写成了《凝聚每分光》。

　　　　为理想

　　　　全力干

　　　　求突破今天

　　　　甘流血汗

　　　　为理想

　　　　献尽努力

　　　　理想邦

　　　　我愿靠我双手创

　　　　让理想

　　　　燃亮我

　　　　求让每分力

　　　　全变热和亮光

　　　　远去了盼望回航

　　　　爱这里奋起图强

　　　　香港的明月最光

　　　　热爱香港

　　　　人人同心

　　　　共创香港

　　　　新的希望

　　　　香港人　高峰天天创

凝聚了每点光芒
前途渐明朗

那一年，刚好是选举年，于是港台又应用同一旋律，让我写成《选民是你》这一首歌。

没想到这首歌还有另一个故事。

有一天，我收到一封东莞来的信，邀请我参加他们工厂的十周年庆典。

原来，这家工厂的东主，以前都是经营工厂的，办得很成功，厂房都很多，但不知是地方政策关系，还是其他原因，一夜之间，厂房全部停产，损失自然很大，更大的损失，是连生存的意志都几乎荡然无存。就在这一刻，他想起了《凝聚每分光》这首歌，他整个人清醒过来，想到要凝聚自己的每分光去重新冲刺，就这样，他重新部署，成立了现在的工厂，还定下一个规条，全工厂所有工人，每周一定有一次聚会，每次聚会，一定先唱《凝聚每分光》。这次，十周年厂庆，厂方大肆庆祝，特别请我去分享他们的喜悦，我因事未能成行，他事后把他们的盛况录了像寄给我欣赏，我看着看着，心里那份感动非笔墨所能形容。没想到一首歌可以有这样大的影响力。经过这件事之后，我更要慎重地处理每首作品。

在我的填词创作班第一课，我必选播为叶丽仪写的《献出真善美》，并开宗明义跟学员们说，创作时，感情要真，动机要善，文字要美。

关怀社会，凭一点烛光

一九八一年定为国际伤残年，我有幸被邀请为这特定的年度主题曲作词，作曲的是陈秋霞。

灵感这回事，真的说来便来，我正在苦思如何下笔的当儿，电视机的荧光幕出现了这样的一个画面：一群诗歌班的年轻人，各持一支蜡烛，在歌声中整齐地排列成一棵烛光圣诞树，那一点暖暖的光，照亮了我的脑袋，也照亮了我的心灵。我就以"一点烛光"为题材，写成这首国际伤残年的主题曲。

这首歌由正气凛然的关正杰主唱，他那感人的歌声，使这首歌倍添感染力，一下子成了典型。在往后的日子里，几乎任何筹款活动或慈善演出，都选唱这首歌。在我的作品中，相信这首作品是曝光率最高的一首，亦因为这首歌，为我开辟了一条新的词路，在情歌、儿歌及青少年情怀的歌曲外，多了一项励志歌。在我作品的范畴中，这一类歌曲，占了一个不寻常的比重。

这首歌，还带给我另一个难能可贵的机会。在我的填词过程中，几乎没有和张学友合作过，就是因着这首歌，给我带来这机缘。

一九九八年香港社会福利署成立四十周年，他们想制作一首主题曲纪念这盛事。他们真好，选用了《一点烛光》，但希望我重新填词，冀能带出服务社群的讯息，还邀请到张学友主唱。

这个版本是这样的：

盼可将

烛光交给你

让暖火

暖心房

寒流里

愿同往

我把原词的"关心爱心似是阳光"，改了两个字，成为"关心爱心灿若阳光"，以强调阳光的温度去配合社署的功能，跟着以一连串歌词去阐述社署的工作，如"用我手，去帮忙"、"凭仁爱，用诚意"等。到副歌，才以"自能导出心里光"和原词会合。副歌中，以最有力的词句去表扬社工的工作。人在苦困中，最需要的是一双有力的臂膀，带着自己冲出暗巷。

凭着这

热暖的光

理想今天再创

盼共你

结伴去

以心中暖流

和风对抗

就这样，《一点烛光》就成了社会福利署的主题曲。

《香港心》，沙士（SARS）十年

今年是二〇一三年，昨日从电视新闻中，猛然发觉今年是沙士（SARS）爆发的十年祭。我从来都不喜欢日文，但这次觉得十年祭用在这里贴切不过。

二〇〇三年沙士（SARS）一役，对香港人来说，简直是个噩梦。那时候，我突然省悟广东俗语那句"边度都唔使去"的严重性。真的，那段时间，真的什么地方都不敢去。更甚的是，连待在家里亦不安全，淘大花园的沙士（SARS）爆发，使港人更感惶恐。不能外出，待在家里又如坐困愁城，每分每刻都在接受新的威胁折磨，全世界的新闻都以香港的疫情为焦点。

于当年四月十九日那天，一个由一群社会人士自发牵动，旨在唤起全民团结遏止非典型肺炎蔓延，共同渡过难关的大型活动——"心连心全城抗炎大行动"全面展开。本地六大电子传媒齐心响应，呼吁大众注重卫生，互相关怀及向前线医护人员打气。更为这活动制作一首主题曲，务求把信息传遍香港每个角落，激发大家团结就是力量的精神，奋起抗疫。

每有这一类义举时，香港的歌星一定义不容辞，积极参与。歌曲及录像由香港电台负责制作。以旧曲 *We Shall Overcome* 作基调，由邓建明、舒文重新谱写乐曲，我有幸负责填词。

每次接到这类任务时，我总是怀着诚惶诚恐的心情去写。为的是怕自己写得不好，辜负了人家的付托，更怕辜负一众歌手的努力。幸好，在种种的心理压力下，都迫出意想不到的效果来。这一次，只有两天时间给我，第一天简谱还未出台，我只能靠录音带去捕捉旋律的感情、感觉，到第二天收到简谱后才润饰加工。

是次使我感到欣慰的，是真的努力过，并且能写成一份切合时效的歌词来。

歌词一开始便点题：

这一刻
需要爱心
坚忍加决心
要勇气斗志
众人同心
似应战
要应变
合作还合群

香港心

颗颗打满分

这四十个字，得来不易。"似应战，要应变"六个字，勾画出我们身处的困境。这次我们处于一个捱打的局面。所以不是作战，我们正处于下风，能做的只是病菌怎样来，我们便怎样挡，可怕的是这病毒厉害过孙悟空，变身变得极快。所以我们在应战的同时还要识应变，而且这场仗是全民皆兵的打法，所以要合作还要合群。

此外，对个别字句的推敲亦下过一番苦工。举例说"香港心，颗颗打满分"的"打"字亦曾经多番琢磨。最初用香港心颗颗"都"满分。感觉很好，全部满分应该没错，但嫌稍平。再试改为"颗颗攞满分"又感觉很好，因为"攞"字有动感，但不够抢，最后想到"颗颗打满分"，我实时开心到满屋跑。因为"打满分"是被动的，是因为作出了成绩，故赢得别人的嘉许，有被赞的成分在内。副歌部分用最简单、明快的字句去宣示主题。

副歌部分有两段歌词，通常写副歌都是以容易上口为主，所以写"凝聚每份爱，去热暖人心，大众肩并肩，心照心"。这四句我重复使用，以收容易记诵的效果。尾随的句子，仅作适度改写，最后以以下两句作结：

发挥超级爱心

是香港心

歌词传真了给大会后，还有一段小插曲，就是我在细读歌词时，发现有一个字可以改得更好，就是：

哪怕劫运厄困
曾努力便无憾
危难里互勉
愿竭力为人人
用爱心

危难里互勉的"里"字，如改为"屡"会更有力。虽然字音相同，但写法有异。于是急忙致电大会，请他们代为改正一个字。接电话的是个女孩子。我告诉她把危难里的"里"字改为"屡"字。话说出了才感觉有问题，因为听上去，两个里字发音都一样。所以解释为屡次的"屡"，这回更不堪，对方听上去，以为是女厕的"女"。几经艰苦才把句子改定。于是一锤定音，大功告成。

《伴你同行》

二〇〇五年，伊利沙伯医院癌病病人资源中心庆祝成立十周年，希望我能为他们写一首主题曲，他们全心全意为病人服务。十年岁月，中间经历多少雨雪风霜，能为他们服务，也算是我的福缘，哪有推辞之理。

这首主题曲计划在十周年活动时与一班癌症病友一同献唱，但这类歌词最难下笔。第一，不能提病苦、病痛，因为他们已经饱受煎熬。第二，不能表示同情，因为这样恐怕会损害他们的自尊。第三，不能提恩惠，服务他们是院方的本分。这样不能，那样又不能，该怎么写？终于拿出我的看家本领来。我最擅长行路，由童年行到现在，由《风雨同路》，到《漫漫前路》，再到《漫步人生路》，还有很多很多，于是写成《伴你同行》。

同行伴你山路上
前行或有风雨降

前路就算满风霜

切戒慌张

一起继续走走看看

信是远路长

愿偶然歌唱

沉着备储新力量

前行或会多悍将

迎面或满脸花香

笑眼相看

天边艳阳正散播希望

以后岁月长

天清朗

风清凉

山坡亦有小草生长

寻路向

前面路径

祈求能步上

少思量

多盼望

前途明亮

正好欣赏

原来是你人生偶像

结伴再同行

高歌唱

整首歌词中，我最喜欢"少思量，多盼望"两句，相信这两句，对任何病人都适用。这也是最能代表我的写作方式。我喜欢用最浅白、简短的字句，去写感情、说道理。

《小时候》开启了我儿歌的小宇宙

一直为怕影响自己的教师形象，写作或策划节目，甚至编剧都用笔名，郑一川、江上风、江羽、江泓……我已记不清还用过什么笔名了，但为香港电台电视部写《小时候》的主题曲时，我便用上真名字，因为这是一部题材健康、小演员可爱的电视剧，我有信心，它不会为我惹来不良影响。

《小时候》的歌词，或多或少受黄霑影响，那时候，黄霑为和路迪斯尼来港演出的一个嘉年华形式的表演项目创作歌曲，其中一首插曲《世界真细小》风靡一时。我自己亦深爱这首歌。

"世界真细小小小，小得真奇妙妙妙。"这首歌的歌词，已深印在脑海中。它给我很大的启示，原来儿歌可以写得这样生动活泼的。于是我写《小时候》时，有个更调皮的念头。好，黄霑写了"小世界"，我写"小宇宙"，要大过你，所以《小时候》劈头第一句便是：

郑国江与儿童的关系甚深，图为他与熊熊儿童合唱团的团员合照

小小的宇宙

跟着

天真的宇宙
像皮球
天天转
奇妙事不断有

所谓"奇妙事"就是说每辑电视剧的剧情，写电视剧主题曲时，有时候需要考虑到这首歌在使用时的灵活性。有了这灵活性，则无论那次说的是什么题材、什么剧情都适用。

我又想到《跳飞机》的主题曲，歌词最后一句

一、二、三到你

唱完"到你"之后，镜头可以对准任何在该集说第一句台词的小朋友，给他一个"大特写"，这类型的主题曲才起到主题曲的作用。

《小时候》这首歌因为剧集而受到欢迎，剧集亦因为主题曲受欢迎而得到更大的宣传和推广作用。而我则因着《小时候》一曲的影响，跟着为香港电台，写了一连串儿童节目的主题曲，计有《小太阳》、《快活谷》、《香

蕉船》、《好时光》、《柏林周记》及以后的《小豆芽》系列和《点虫虫》等，其中《小太阳》和《香蕉船》成了儿歌的经典，不断地有其他儿歌集翻唱和翻录，像《跳飞机》歌集的《刷牙歌》和《数字歌》一样，连学校都用作教材，很受教师和家长们欢迎，是我在笔润（填词报酬）以外，得到的最大的回报。

《让我闪耀》，与孩子们共勉

一九七九年被定为国际儿童年，那段时间是我填写歌词的第一阶段，感谢香港电台，在我这类工作的起步阶段给予我很多机会，让我有足够的磨炼去应付随之而来的工作，使我的兴趣能有更大的发挥空间。

我为国际儿童年写了主题曲，作曲的是顾嘉辉先生，这应该是我跟顾先生很早期的合作。对一个填词界的新人来说，这是一个很难得的机会，我当然悉力以赴。

我当时是一名小学教师，每天都接触很多小朋友，跟他们谈话、相处，聆听他们对学习、同学、亲友以至父母、兄弟、姊妹等的心声，故自问比一般人，甚至填词人对小朋友都有较深入的了解，这是我写儿歌的源泉。相信这也是他们找我写这首歌的主要原因。

顾嘉辉先生擅长创作流行曲外，亦写了大量广告歌，他以写广告歌的手法去创作儿歌旋律，自然有其独特的流行元素，简单、明快，易于唱颂。这是我从他给我的

133

《让我闪耀》词作手稿欣赏

儿歌旋律中学习到的法则，于是我亦从这几方面去创作儿歌。不过我要兼顾的，还有两项原则，第一要雅趣共赏，一般歌词可能会追求雅俗共赏，但儿歌一定不可以俗，所以我把注意力集中在趣方面，只要有趣，小孩子才喜欢。二是词简义深，希望借着简单的歌词带出一些信息。这些信息，能陪伴他们成长，且在每一成长阶段有更深的体会，并能让他们的体会有更好的发挥，使之能一代接一代地传下去，这个理想，绝对行之不易，但不易行，仍要行，所以在这方面，我和顾先生可说是最佳拍档。

基于以上种种，我写成了《让我闪耀》：

134

让我闪耀

让我闪耀

让我发出光辉

将个世界照

　　首节用三个"让我"作每句歌词的开端，第一容易唱，
第二容易记，这是儿歌的基本要求，也借着这几句歌词，
道出儿童对这世界的心愿。接着以：

培育幼苗

培育幼苗

培育幼小

天天进步实在妙

　　再以三句"培育"去说出儿童对这世界的要求。跟着
以：

共唱歌调

共唱歌调

愉快歌调入云霄

　　人人都说童声是天使的歌声。这次让儿童的歌声飘到
天上去与天使同歌。
　　这一段写出儿童的愉快生活片段，再以儿童对世界的

影响作结：

> 能令整个世上
> 添欢笑
> 如同亮光
> 世上照

末句呼应首段，来个光辉灿烂的完结。

顾嘉辉先生迫出来的最佳歌词——《随想曲》

　　徐小凤小姐的《随想曲》被选为一九八三年度的最佳歌词，但这不是一首千锤百炼的作品，当然亦不是一挥而就的神来之笔，但真的是压力下产生的篇章。

　　那年，徐小凤从新力转投康艺全音，我亦被委以重任，负责写很多首歌词，全都完成了，单欠顾嘉辉先生作曲的一首。作品终于出来了，由于我和辉哥住的地方很近，那夜，他亲自把旋律送到舍下的管理处，随即打来电话："郑国江，徐小凤那首歌，你要赶一赶，明天要录音。"我哦了一声，他安慰我道："不过徐小凤下午才搭歌。"我正舒一口气。辉哥又补上一句："但和音早上来唱，所以你可以先写和音那部分。"我又一阵疑惑，徐小凤过往的歌，多半是自己兼唱和音部分的，不过，辉哥这样说，我便这样做好了，省下问的时间，即刻开工。

　　其实，管它什么和音不和音，反正翌日下午我都要上课，全首歌词都必须在上午完成。放在眼前最大的问题是写什么题材好。终于决定什么都不考虑，全部由思想主导，想到什么便写什么，此谓之随想。

正因为这样，《随想曲》，其实是一首我自说自话的歌。把我对生活的要求，做人处事的态度通通搬到纸上来，有了这个念头，紧张的情绪舒缓了，压力化为动力，开足马力，歌词在指定时间内完成，而且一字不易，辉哥和我又一次合作愉快。

这首词能顺利完成，最大的因素是我一开始撞对了头、用对了韵，适合使用的字便多，字化为词，词化为句，句化为篇。就这样牵动了思绪、情绪，一切都来得很自然，没太多斧凿痕迹。

这首歌最大的成功元素，是由徐小凤主唱，以徐小凤的稳重、练达及人生经验方可以理解歌词的神髓，方可以以不瘟不火的态度，徐徐道来，使这首带哲理的歌更具说服力。

只有徐小姐在歌坛的地位才可以说：

前望
我不爱独怀旧
名利
我可以轻放手

名利我可以轻放手，不是随便说的，资历不够的人说这句话，人家会嗤之以鼻。

是我的虽失去
他日总会有
不惯全力寻求

说这样的话，一定要很自信才会令人信服。

难辨你的爱真与否
缘尽我可以轻放手

谁都知道放下自在，但放下真的是这么容易吗？何况还特别强调轻放手。这个轻字，真是个高难度动作。
这是对爱情很成熟的做法，很豁达的态度，放下，自在，需要很高的智慧，才可以做到，人们会相信徐小姐可以做到这样洒脱。

渴望是心中富有
名和利不刻意追求

这两句言志，但"刻意"两字，我用得颇谨慎，不是不追求，只是不刻意而已。

请收起温馨的爱意
留在心中好像醇的酒

拒绝别人的爱意，不容易做到漂亮，但这两句话，能为对方留下个台阶，日后好相见。

存着要经过春与秋

内心也经过喜与忧

如果不是拣对了韵脚，"春与秋"、"喜与忧"怎可以对得这样工整。

让我一生拥有轻松节奏

心里无欲无求

这是很多人都希望达到的境界，但能真正做得到的，又有多少人呢？

我与张国荣的合作

看张国荣在当年丽的映声年代初试啼声以 *American Pie* 参赛已隐隐感到此子骨子里的野性。

在谭国基旗下时，他一直屈居在罗文、陈百强之下，对一个醉心演艺事业的年轻人，尤其对自己抱有满怀热望的他，自然有一种郁郁不得志的感觉。他内心有一团燃烧得炽热的火，在他跟陈百强演出的电影中，或许是角色使然，他每每透发出一种不甘心、不妥协的激情。

我跟罗文、陈百强合作良多，但一直没机会为张国荣写词。有一次，张国荣致电约我到一所中学见面，原来他那次在该校表演，虽然是第一次会面，但他好像遇到一个很相熟的朋友般，把心中积存的不满、怨气，通通在我这陌生朋友面前抒发出来。那次是因为他在电影《柠檬可乐》中，有一场戏中戏，需要一首插曲，请我为他写词。歌词的内容是描述罗密欧在舞会中初遇朱丽叶的感觉。

就算没有听过他的陈述，我都会写好这首词，我亦

张国荣的签名照片

希望能像《眼泪为你流》般，凭这首歌提升歌手在乐坛的地位。我能做到的是细读莎士比亚在这场戏中的描写，好好地消化于曲词中，于是写成了《凝望》。可惜，这首歌的配套，远比不上《眼泪为你流》，只是一部电影的插曲而已，没达到我们预期的成效。可能因为这是一部群戏，没突出张国荣的戏份。

又过了几年，周聪请张国荣做主角演《鼓手》，剧中的主题曲和几首插曲邀得顾嘉辉为他作曲，我为他写词。他的戏演得好，歌亦唱得好，总算做出一点成绩来。但歌仍未能大红，反而后来翻录时，做出一点声势。那时候，张国荣已是炙手可热了。

终于一场官司，张国荣离开了谭国基转投华星唱片公司，他在该公司的第一张个人大碟，仍旧想到我。他交给我一首日本歌。我当时不知道这首歌是山口百惠告别乐坛的主题曲，如果知道的话，我可能以原曲的内容作题材，那会是一个很大的讽刺。

我很用心地听这首歌。歌的引子、配乐，给我一种风的感觉，正因这感觉，我联想到海边。年轻时，我常到赤柱，黄昏时很多青年男女在那儿泳罢烧烤。对着残余的火堆，该有很多故事发生吧！

我又想起一首中学时学过的歌。那时候爱听一个叫"周末的旋律"的节目，主持人经常播一些民歌和艺术歌曲，施义桂唱的《教我如何不想她》是其中一首热播的歌。

《千禧盛世》词作手稿欣赏（张国荣曾
参与演唱）

天上飘着些微云

地上吹着些微风

啊

微风吹动了我的头发

教我如何不想她

枯树在冷风里摇

野火在暮色中烧

想着想着就以此情此景写成了《风继续吹》。

我劝你早点归去

你说你不想归去

只叫我抱着你

悠悠海风

冷却了野火堆

风继续吹

不忍远离

　　从"教我如何不想她"中借来海风和野火堆增加气氛。

　　歌录好以后，张国荣第一时间播给我听，更认真地请我给他意见，我想了想，对他说，歌坛中，有一个罗文已经够了，可以的话，最好用自己的唱法再录一遍。果然，因他深情的演绎，就以这首歌，征服了乐迷的心。

眼泪为你流——陈百强的天时、地利、人和

当年四大外资唱片公司，最人强马壮的是宝丽金。其次是新力、华纳和百代（EMI）。当时的百代总裁黄启光欲扭转这形势，想招揽娱乐的罗文过档，因此跟罗文的经理人谭国基商议。谭国基开出的条件中，最重要的一条是如果罗文成功跳槽 EMI，EMI 则要全力替他捧一位新人，这位新人就是陈百强。

其时，陈百强挟山叶（Yamaha）电子琴大赛冠军的名衔，音乐方面的造诣是无可置疑的，而且，那个年代，乐坛中亦缺乏青春偶像，所以当 EMI 履行对谭国基的诺言时，陈百强在种种有利条件下，凭一曲《眼泪为你流》奠定其在乐坛的地位。一时间，各大唱片公司都乘势大力催谷新人，宝丽金有区瑞强，新力有蔡枫华、林志美，永恒有李丽蕊。

陈百强除了得力于唱片公司的大力催谷外，其经理人投放在他身上的精神、心力亦不可忽略。《眼泪为你流》

《画出彩虹》词作手稿欣赏（演唱者为陈百强）

歌曲开始时，那一下电话挂断的效果，是谭先生设计的。他捉摸到年轻男女谈恋爱时几乎都受过被对方拒接电话的遭遇。那种苦痛的心情必然引起共鸣。结果，他的策略成为这歌曲受欢迎的一个重要元素。

刚好，我写这首歌之前，接到一个学生的来信，陈述他失恋之苦。那是一段很真实的感受，所以歌词中有"比处死更难受"的句子。加上陈百强的音乐背景，触发我写出"琴键亦无心奏"这真切的体会，增加了曲中角色的真实性，加强了陈百强对角色的代入感。当然，最大的成功因素还要数陈百强天赋的歌声。他的声音里面就带有一种落寞、倔强的特质，一开腔，感情便自然流露，有很强的感染力。

我接到曲谱时，其实是附有陈百强自己写好的歌词的。那题材是孤雁，他比喻自己是一只孤雁，之后，我亦以周启生的旋律写成《孤雁》一词，但那是写雁儿因被猎人射击而受惊的情况，与陈百强写的《孤雁》是两回事。

《眼泪为你流》的成功，亦为我开拓了一条自己独特的词路，一时间，几乎所有新人都找我写词，我成了青春派歌手的代言人，奠定了我与黄霑、卢国沾鼎足三分的局面。

《故乡的雨》话熏妮

在我写雨的作品中，相信最为人熟悉的，要算熏妮的《故乡的雨》。

"一封家书，一声关注，一句平常的体己语……"歌词是这样开始的，写的时候，完全是跟着旋律走，没刻意去卖弄文字技巧，但以后，因为要教填词班，不得不把歌词剖析，那时候才发觉，这首歌词，开始时，是一组很有力的铺排。以"一封"、"一声"、"一句"，三组以"一"字为首的词，连绵而不重复地开展，很能引起听众的注意，俗语谓"醒目"，而这里是"醒耳"。

创作这首词的时候，恰好赶上香港的回乡潮，那时候，内地对香港大开方便门，回乡探亲者络绎不绝，这也是当时唱片业特别兴盛的主因。

回乡探亲，少不了带些手信回去，带了一部卡式录音机回去以后，每次再回去时，少不免带些新出的录音带，于是，当时黄霑、卢国沾和我便忙个不停了。

那时候，计算机仍未普及，手提电话仍未流行。人们仍依赖书信通消息。这首歌词算是为香港那个年代留一个脚注。

这首歌词得以完成，要多谢我太太，记得我们"拍拖"的时候，逢下雨天都约不到她的。她说路上湿漉漉，灰尘混合雨水，稠稠的，溅在脚上很不好受。加上车辆驶过时，水花溅得高高的，一身衣裳都弄湿了。所以，我们没有多少雨中漫步的场景，亦因为这样，成就了歌词中"繁忙闹市看不到喜欢的雨"这句子。

我的中文真的很普通，大概只够写简单的歌词用，所以我写的歌词都比较浅白，没有太艰涩的字和句。通常，时间许可的话，歌词写好后，都会给太太看一遍，她会把错字、白字剔出来，有时她会给些意见，这句不好，那句不好。这首歌词，她就指出一句她不喜欢的。

创作时，我们比较主观，所谓旁观者清，我常对学生说，作品完成后，不妨多给几个人看，虚心地听听他们的意见，有建设性的不妨接纳，能改的都改，好的作品是要提炼的。

终于我把有问题的一句改成"童谣漫唱一家欢喜"，紧接着"我学牛郎骑父背"，句子构成一幅农家乐的画面，丰富了"故乡"、"书信"的内容。

那时候，很多次，作品在极赶的情况下完成，未必能像《故乡的雨》这样幸运，有修改的机会，到唱片制作好了，便留下修补不来的遗憾。

熏妮排演《欢乐满东华》折子戏

　　这首歌放在熏妮的第二张专辑中，成为她《每当变幻时》后的一首较受欢迎的歌。

　　之后，我和她还有一些其他的合作机会。一次是TVB 到西湖拍特辑，需要一首写西湖景色的歌，那时候，我还没有到过西湖，急忙到书店买些有关西湖的书回去狂啃，靓人靓景加上靓声，自然得到赞赏。可惜，我没有把节目录下来，歌词亦没有存底，算是另一遗憾。

　　和熏妮合作，最精彩的一次是为"欢乐满东华"筹款的一役。

郑国江与熏妮，摄于郑国江四十周年名曲·巨星演唱会

那次，麦嘉要演一个折子戏，东华筹款，最初是以粤剧挂帅的。他找来一套潮剧《柴房会》，还要指定将剧中的一段潮州曲翻成广东话唱出，幸好我这词痴是天不怕，地不怕的，我的信念是没有写不成的词，问题是有没有时间和决心。

那折子戏的拍档就是熏妮。

别以为歌星容易做，尤其是签下 TVB 的歌星，真的要十八般武艺件件皆能，熏妮接了这个工作以后，急忙要找师父练身段、唱工。因为粤剧的唱腔与流行曲的唱法是南辕北辙的两回事。

麦嘉有麦嘉练，熏妮有熏妮练，努力的成果是，节目播出后，好评不绝。

亦因为这次演出，成就了麦嘉和我的一段粤剧因缘，与熏妮在我四十周年演唱会的一段感人故事。

《陌上归人》成就两段情谊

斜阳伴晚烟
我像归鸟倦
晚霞伴我过稻田
重回觅爱恋
爱情路比阡陌乱
情路太多弯转

这段歌词，虽是短短的几句，却是我写词生涯中一段难得的历练。

替香港电台写广播剧主题曲，这不是第一回，以前应该写过《睡谷》和《蓝领白领》。但那时候，广播剧主题曲尚未成气候，未引起注意。直至，张德兰的《茫茫路》开始，才掀起一阵广播剧主题曲热潮，这首《陌上归人》应是推波助澜之作，回复多年前周聪先生在商台时《劲草娇花》、《蔷薇之恋》的声势。

《陌上归人》是根据女作家严沁的力作改编的广播剧，要为它写主题曲，自然要先看原著。那时候，写广播剧主题曲是没有天书的，所谓天书是改编剧本的撮要本。厚厚的一本小说，读完也得花上两三天，我看了一个通宵才把小说啃完，亦把重点勾画了出来，于是开始设计歌词的场景、情节和脉络。

冯添枝，这首歌的作曲家告诉我，这首歌将会由区瑞强主唱，那时候，我已经为他写过《客从何处来》和《心里的天虹》，只知道他是港台的DJ，亦是年轻的歌手，就这么多而已，所以，只能从《陌上归人》这四个字动脑筋。

对于"陌上"这个陌字，现代的年轻人也许会觉得陌生，即使用上"阡陌"这个词，相信亦不甚了解，所以，要先以"稻田"作脚注，场景就定了在稻田间的阡陌上。

"归人"又怎样表达呢，于是想到用"鸟倦还巢"这情景去衬托。既是鸟倦还巢应该是黄昏时候，于是连时间的元素都解决了。

剩下来就是怎样利用这些元素，把一段爱情故事带出来，于是就有了点题的两句"爱情路比阡陌乱，情路太多弯转"，点出了这个爱情故事的曲折离奇。

这首歌成为香港电台第二届十大中文金曲的获奖歌曲，在颁奖礼上，我认识了严沁女士和区瑞强先生，没想到一首歌为我带来两段友谊。

缘分这件事，真的很奇怪，有缘的人总会意想不到地走在一起。

区瑞强以歌唱民谣著称

记得有一次和顾嘉辉先生在电视台开完会，因为他和我住得很近，他知道我没有开车，通常都会顺路送我回家。那天，他因为要到一位气功师父那里做一些按穴的治疗，问我有没有兴趣去见识一下。原来那位老师父除了做气功治疗外亦有教太极的，其时我太太正想学太极，于是便跟这位师父上课。

第一次上课，便凑巧遇上严沁伉俪，自此，我们便一起练功，有时候，相约茶叙，成了好朋友。

至于区瑞强，我们断断续续在不同的场合遇上，至于真正的交往，应该是始于二〇〇二年，我获 CASH 颁赠音乐成就大奖开始，那年他为那个颁奖礼献唱《陌上归人》。之后，我跟他慢慢地熟络起来，感觉他待人很诚恳，处事审慎认真，是个很难得的朋友。

记得有一次，他约我到他的学院商议一些事情，那地方坐落于尖沙咀柯士甸道，面对一大片青绿的树木、草地，课室的布置像休憩的厅堂，给人很舒服的感觉，我第一个想法是这座大楼还有没有出售的单位。

原来他想我在他的学院开设填词班，大概是时间配合得很好，所以我答应下来。一连办了好几届，学员们亦在内地制作了两套名为掀起欧西民谣风的 CD，并获取了年度优秀大奖。

之后，他又为我举办了四十周年演唱会，劳心劳力，幸好演唱会得到很多歌手支持，观众的反应也很好，总算没有辜负这位好朋友的一番心意，这一切一切都是拜《陌上归人》这首歌所赐。

烈女说甄妮

不知从什么时候开始，烈女一词变成了形容女性敢言、率直的代名词。

如果，真的是这样的话，甄妮堪称乐坛中烈女的佼佼者。

谁都知道，甄妮的一张嘴，是不好惹的。一次《欢乐今宵》的表演中，甄小姐理直气壮地点名批评当晚编导偏帮熏妮，结果，使该编导的工作表现留下污点。

早几年，她公开批评一些新晋歌手的歌艺，吁请唱片公司的决策人，再不要在模特儿公司中拣蟀。

近日，又点名批评新一代歌星没有礼貌，不懂尊重前辈艺人。

纵观上述事例，我觉得她的言论不是无的放矢，相信很多人都有相同看法，只是，他们都是看在眼里，话，留在心里。偏偏甄妮，就要把心里的话，说出来。这对乐坛，其实是有正面影响的。

她的言行，使我想起故友黄霑。他亦是坦率的人，对词人的劣作口诛笔伐，不知凡几。别以为他是妒嫉别人的成就，或扼杀新人的前途。他只是恨铁不成钢，希望那些本来有能力写得更好的新晋，多放些心思在修改作品上而已。

甄妮，也曾当面对我说："郑老师（她是这样称呼我的），不必在别人面前说这个词人怎么怎么好，那个词人又怎么怎么好，你本来就与他们平起平坐嘛，没必要长他人志气。"我感谢她对我说的这番话。但这是我的态度，我总是看到别人的优点，看到我有所不及的地方。这一生都怕改不来。她的好意，我只好心领。

初见甄妮，是在她与傅声结婚的好日子。那天我不是宾客，她根本不认识我，她亦不会记得这件事。那时候，我是个词坛新人，仍以郑一川的笔名为丽风唱片公司写歌词。那天刚好甄秀仪在丽风录音，我交歌词给她。她因为录音后要演出。那时候的歌星是很忙的，每晚都要赶几个场子。她说，她的侄女甄妮今天大喜，她腾不出时间去喝她的喜酒。希望我能代她把贺礼送到酒楼去。

这事情过了很多年以后，有一天，新兴唱片公司的莫乃森来电，请我为甄妮写歌词，这应该是甄小姐的第二张粤语大碟，那几首歌中，印象最深刻的应该是《莫彷徨》这首词。

《莫彷徨》是改编自 *Sometimes When We Touch* 这首英文歌的。不知怎的，我对改编歌特别得心应手。歌词很快写好，公司方面也很看好这首歌，成了派台作品之一。

我第一次在广播中听到这首歌，觉得怪怪的，甄小姐的唱腔有很重的台湾歌星味。早年什么东方歌艺团访港演出，有时某些歌星也会唱一两首广东歌，就是这副腔调。当然，甄小姐这首《莫彷徨》唱来，广东话发音已经准了很多，但有些地方仍是容易成笑话，如"春花正香"唱成"蠢花正香"等。我一直担心，是不是我的词填得不好，酿成这个错误？但我把原来的曲谱一对，应该不关我的事，再跟原曲录音带试哼一次，亦没有音准问题出现。于是致电莫乃森问个究竟，方知道，问题在甄小姐的发音上，已纠正过很多次，但始终没法纠正过来，最后只有无奈接受。

这首曲很受欢迎，之后很多歌星都曾把这首曲重录于新碟内。记忆所及，有关正杰、夏韶声等，他们唱来字正腔圆，但奇怪的是总不及甄妮那样有韵味。她那甜甜嗲嗲的腔调总令听的人心醉，管它字音准不准。这是歌曲的另一效应。

由《我要走天涯》到《在水中央》

　　早在佳艺电视年代已留意到新玉石乐队来了一位小伙子，歌唱得不赖，形象亦很讨好，但不知他叫什么名字。唯一有印象的是他颈上的一串白珠链。

　　有一日，接到 EMI 通知，他们签了一位新歌手，有一首新歌，想我帮忙填词。

　　在录音室见到他，唇上蓄了小胡子，一头浓密的头发，说话时声音很小，他告诉我，手上的是 Peter, Paul and Mary 的 *Tall Pine Trees*，想写成广东歌。

　　我循例问问，大概想写什么内容，他期期艾艾地说："要离开女朋友，但一句话都不想说。"

　　我取了录音带和简谱便回家开工去。旋律很简单，但我因为很少听英文歌，根本不知道这是一首很受欢迎的歌曲。

　　按旋律写了"别了她，不想多讲一句话"这句，自己已经开心得跳起来，竟然可以把他的意思套在旋律中。

写好了这两句以后，开始铺排和发展这段故事。

想起他木木讷讷的样子，我继续写"默默地送她归家，我有满怀情话，今天不讲也罢……"。

写歌词和写文章一样，尤其是故事性较重的，都讲究起、承、转、合。要把故事说得动听，先要好好地刻画主角的性格，要塑造一个浪漫的爱情故事，主角一定是异于常人的，最动人心弦的永远是埋藏在心底而又得不到的爱情，于是从这个方向去构思。

这是一个浪子的故事，别了心爱的人，浪迹天涯，最后还要说"几许崎岖不怕，只怕心放不下，今天一别你我要见，望望落日晚霞"。

他们的爱情故事就是发生在一个夏天，在沙滩上，依偎着看落日晚霞，以后想起对方的时候，就看看落日晚霞以慰思念之苦。

我不是起歌名的能手，最初，我把歌名起作《落日，晚霞》。但不知是谁的意思，改成《我要走天涯》。

这是我为林子祥写的第一首歌，自此，我们合作无间，他统计过，我为他写了八十多首词，对我来说，算是为一个歌手写词的最高纪录了。

人与人之间，或多或少要说说缘分，我一直和他都住得很近，早期是一街之隔，之后是山上山下，加上大家都是早起的人，很多时候可以相约吃早餐，谈歌论词，有很好的交流。

交给他的词，很少要改的，其中，改得最多的是《谁

164

《同根同心共谱新篇》词作手稿欣赏（林子祥
为演唱者之一）

能明白我》，这几乎是阿 Lam 的白描，要改的，不是因
为歌词出了问题，而是因为，电影公司看中了这首歌，
要把它用作电影主题曲，为了适应剧情，所以要修改。

　　说到改歌词，不能不岔开一笔，有一次，阿 Lam 在
录音室录歌，监制说其中一句那个"雪"字不太好，问我
可不可以改，阿 Lam 在录音室中传话到控制室说他唱到
那句时，有"雪"的感觉，登时为我化解了这疑难。有

165

些唱片监制有时真的很难侍候，随随便便说一句，这句好像不太顺，可不可以改一改。说来容易，殊不知以广东话入词已经很不容易，改一个字，有时会牵一发，动全身。改一句，就更要命了。

为阿Lam写歌词，故事真多，记得写《分分钟需要你》时，我又问他写什么题材，他说这是他追求女朋友时写的一首情歌。当时他与女朋友在驾车途中，突然有了灵感，于是把车泊在一旁，随手拿起一张餐巾，便写成这首歌。我问他内容时，他永远是期期艾艾地说"第一句，好像是揸飞机什么的"。我永远都有这个运气，旋律的第一句我便写成"愿我会揸火箭，载你到天空去"。时代毕竟是进步了，他写这首歌时是"揸"飞机，到我接手写的时候，进步到"揸"火箭，亦是很自然的事。

为阿Lam写《在水中央》又是另外一个故事，那时候我在新蒲岗教书，放了学便到TVB开会或到唱片公司交歌词，很多时候，歌词构思好了，但未完成。又或者完成了第一稿，但突然灵感来了，有另一更好的题材，于是在交词途中，边行边写。《在水中央》便是一例。

到EMI交词，通常我会乘坐巴士，到基堤路下车，然后步行到花圃街EMI录音室，当中会行经花墟公园，那里有林荫小径，有长椅供游人坐。黄昏时候，少不免有些情侣坐着谈心，我正好坐在那儿一边赶稿，一边从他们身上获取些灵感。

阿Lam的《在水中央》，我原本已写成了《小小村庄》，

166

《在水中央》书法作品

但黄昏的夕阳照在对面情侣的面上，让我想起我看过的一句古诗"夕阳穿树补花红"，于是成了"斜阳又似胭脂染在面庞上"一句，由这一句发展成情侣在湖上泛舟的故事，衬起阿 Lam 很东方色彩的旋律，成就了《在水中央》这首情歌。

"熹祥"绝不欺场

阿 Lam 林子祥，要和赵增熹一起办演出，取名为"十分熹祥十分吋"。不知是谁的构思，竟想到"十分熹祥"这个演唱会名。

表演者最忌"欺场"，而这两位大帝，竟然开这个玩笑，不单"欺场"，还要十分"欺场"。这还不算，再要十分"吋"，寸这个字，原作度量衡单位解，但加了口字旁，成了广东话口语，表示待人的态度轻率傲慢，一派艺术家的狂妄自大。究其底蕴，原是出于阿 Lam 若干年前出的一张大碟，大碟名称是"十分十二吋"。

阿 Lam 每次办演出都爱搞搞新花样，记得有一年，他知道我开过一个国画的个展。其实也不算是什么个展，我只是把我那几年学国画的作品来一次展出而已。展览前，我在一个场合中遇到他，问他来不来看我的画展，岂料此君，半开玩笑地回应我一句："我都不懂国画的呀！"哈，要不是把我当作很熟的朋友，怎会这样回答。我听了，也不以为意。料不到他一直放在心上，郑国江是画画的。

我曾为他写过一首名叫《画家》的歌，那时候，相信他或许不知道我在学画国画，又或许言谈间我透露过曾学过油画。那首歌是一首改编歌，原作歌名叫 *The Painter*，是写洋画家梵高的事迹。梵高的故事，相信凡学西画的人都听过，他画的《向日葵》，不知多少次给人们应用在日常生活的用品中，我家就有一套，用这幅图画印制的杯碟，每次使用时我都赏玩一番。我亦把自己对梵高的感觉写在歌词中。

记不起是哪一年的演唱会，他的演唱会监制杨健恩来电，说："阿 Lam 想在演唱会中用你写的《画家》那首歌，你又是填词家，又是画家。"他在开过我玩笑后，继续说："他想借你的作品拍一辑照片，作现场投射用。"

我有点奇怪，阿 Lam 的演唱会，因为观众多，一般都开四面台的，怎么可能有一幅银幕作投射用呢？但杨健恩是出名的"办法多"制作人，此君在 TVB 出身，有丰富的制作综合性节目经验，在录像室中，他以快速按钮摄取歌手们瞬间的表情见称于行内。反应之快，教人赞叹。我抱着欣赏好戏的心，期待着他以什么技法解拆此局。

一轮翻箱倒箧以后，终于把要拍摄的画作整理好，带到影楼，没想到当日的摄影师竟是我旧日在电视台认识的宋豪辉。他接管了一间以拍摄婚纱照出名的影楼。此次活动，给我一辑专业摄制的画作照片留念，这些照片，丰富了我的第一辑作品集，亦丰富了这本书，阿 Lam，你

郑国江与林子祥合作无间，目前已合作了八十多首歌曲

做的好事。

　　期待的日子到了，演唱会现场，悬空挂了很多布幔，长条形的，装饰着场地的空间，迎着空中的气流摆动，十分好看。尤其当有颜色的灯光映在布条上，更添姿采。《画家》的音乐一起，一幅幅的布幔上，出现了我的画作和书法。这时候，我惊叹杨健恩的智慧，竟想出这个方法来。那一刻的感动，是无法形容的。阿 Lam，谢谢你，给我这么一个生动的画展。

　　TVB 要为阿 Lam 这次的演唱会拍一个特辑以作宣传，特辑是以小型演唱会形式拍摄。参观这特辑拍摄的都是阿 Lam 的亲友和歌迷。他们济济一堂，十分热闹。是次演出，重点在表扬阿 Lam 的歌艺和赵增熹的琴技，所以选曲和编曲都较为特别。

　　表演途中，他指着我问观众，信不信我有八十多岁，惹来一阵哄堂大笑，原来八十多岁的是后来给他献花的胡枫。笑声过后，他补充说，信不信我为他写了八十多首歌。他说这是他统计后的结果。

　　我曾为阿 Lam 写过一首很特别的歌，歌名叫《几段情歌》。相信很少人身边的伴侣会是他的初恋，几乎每个人都会有几段情。这首歌是鲍比达这位洋音乐家写的。歌的特色是开头的引子，差不多有八分钟的钢琴独奏。这首歌正好成为这次演唱会的重点歌曲，观众可先欣赏赵增熹的钢琴演奏技法，再欣赏阿 Lam 独特的唱腔。

我与杨凡，由《偶遇》说起

只知道杨凡是名摄影师，没想到他竟当起导演来。

他第一部电影是《少女日记》，请来一对俊男美女当主角。正好配合他的唯美摄影手法。

相信他是从为各大名歌星拍摄唱片封套时，接触过我的名字吧！他竟把这部电影的主题曲交给我填词，并且找来 SONY 新力唱片公司的新星林志美主唱。

这时候的林志美刚因《感情的段落》一曲跃起，深受少男少女欢迎。相信这亦是杨导演选中她的原因。

作曲的是新力唱片公司的高级职员 Tony Lee，他以李雅桑作笔名写成此曲，乍听此曲时，我觉得旋律的感觉很接近当时流行的《你的眼神》，同样带点迷离、迷惘，很贴近剧中人那份游离，若有若无的爱情。

我尝试以"一个少女怎样去感受她对爱情的第一份感觉"去写这首词。

是林志美的清纯形象，是导演诗情画意的画面给我灵感去完成一首这样轻盈，轻得似一种可望而不可即的爱情感觉的情歌《偶遇》。淡淡的感情由林志美低低吟咏，成就了这首击败师姐级梅艳芳的《似水流年》，而成为第五届香港电影金像奖的最佳电影主题曲。对林志美是一份成就感，对我则是一个意外。

令我更感意外的，是写这首歌的报酬。行内有这个规矩，唱片用的歌词，由唱片公司付酬劳，但电影歌曲则由电影公司负责。这次，杨凡说，不知该付多少酬劳给我，所以他在他的国画藏品中，选一帧小品给我作酬报。这份喜悦比什么都来得大。

这是我收藏的第一幅真迹。画的是花蝶图。由于当时我仍未学国画，不知道手上的画是如何的珍贵，只知道，不论构图、色泽都十分美丽，难得的是整幅画保存得相当完好。

数年后，我在香港中文大学校外课程的国画班习画，到上花鸟班时，方认识到手上的花蝶图是画写意花鸟画很出色的居廉的真迹。他是没骨法、撞粉的始创人。这份喜悦更大。我竟可以对着真迹临摹。

之后，杨凡多次展出他的藏画，原来，他父亲藏张大千的画最多。大千先生的画，价值高得惊人，所以，杨凡不必赶潮流，随心所欲拍自己喜欢拍的戏，从没有找投资者的烦恼，亦不必担心票房。他对我说，随随便便地拿一幅大千先生的作品到苏富比拍卖，便有足够的金钱去应付拍片所需。怪不得任何时间见到杨凡都是一派开心、

《偶遇》水墨作品

乐观的模样。

杨凡的第二部电影《玫瑰的故事》，请来刚在选美中获奖的张曼玉，搭档是周润发。主题曲亦由我填词。这次由林敏怡作曲，甄妮主唱。

这首主题曲，是另一个故事。

电影的主题是很难着墨的题材。对我来说是近乎难于下笔。因为写的是一段同胞兄妹相恋的爱情故事，该怎样处理，真是一道难于作答的试题。于是我写成这样子的一首歌词。

歌名是《最后的玫瑰》：

> 昨日那份美可会抓得住
> 昨日那阵笑失去像涟漪
> 留住快乐往昔往时
> 想起往日一切
> 我总说愿留住
> 昨夜那段舞可会记得住
> 昨夜那份爱失去像涟漪

"昨夜那段舞"一句，是导演杨凡授意写的，他说影片中有一场跳舞的戏拍得很美。摄影是他的本行，我信他。

由于导演要用声带配合画面剪接，要求唱片公司方面给他一条搭了歌的声带。但甄妮恰好身体有些不适，要入院治疗，事情偏又这么急，她只好带病试录一遍以应急。

因为身体不舒服的关系，出来的效果跟甄妮平时的唱法有很大的分别。

　　杨凡把歌曲的那段片剪好了，甄妮亦出了院。同时把那首歌曲重录了一遍。当唱片公司把混好音的声带送到杨凡那里时，他仔细地听了好几次，发觉甄妮入院前录的歌声更切合剧情的气氛和情绪。

　　世事往往是这样的，但有责任心的人，总希望把事情弄得尽善尽美。这态度是对的。虽然有时事与愿违，这是另外一回事，至少，我们做了，也乐得心安。

　　成就往往是偶然的拾获，信焉。

粤剧界的藩王——叶绍德

叶绍德先生享誉粤剧界，是一个为人敬重的名字。

这里说的是他可爱的一面。

丽风唱片公司和风行唱片公司都在同一座大厦中，这两间公司没有同行如敌国的问题。各自发展本身的长处，歌星和幕后人员，有时也互相借将。两家公司的负责人也有很好的交情。

大概是风行唱片公司的老板想见见我这个新人，所以杨先生让我到风行走一趟，我是在那儿第一次遇见叶绍德先生的，他给我的印象是个很儒雅的文士。我当时不知道他是叶绍德，他自我介绍后，随即问我："你就是郑一川呀？"我天生个子小，又不怎样注意外表，一头浓发覆在额前，再加一副粗黑边胶眼镜，似公司的信差多些。难怪他有这么一问。

可能我自小喜欢粤曲的缘故，他和我谈得很投契，教我知道什么叫一见如故。

之后，我们很多时相约吃早餐。他那时住在又一村，我住胜利道。奇怪的是，他很喜欢到我家附近的一间美国餐厅吃早餐，渐渐地我对他的认识多了。

他是个过分注重仪容的人，举例说，我们穿衣服，最多配衬衫裤鞋袜的颜色。讲究些，连手帕的颜色也要相衬吧！此君，连纸巾都要衬色，他家里买了各种颜色的纸巾，以备衬恤衫用。要求之高，于此可见一斑。

他对食物的要求更不得了。食必贵精，对补品尤甚。所以，他的皮肤、容貌、头发都保养得非常好。无论什么时候，都容光焕发。

跟他饮茶也好，用膳也好，我必选个有镜子的座位。让他坐在对镜的位置。

他跟我是两个极端相反的人，我天生无记性，他却是个记性奇佳的人，时间、地点、人名、事件，任何细节，一件不漏，每日见面，他可以滔滔不绝地谈论梨园的逸事。哪个伶人演哪套剧时，好的、坏的，他都如数家珍。

他很重视自己作品的质量，有一句话，我永志不忘。他说，演员不论演得多好，都有退下火线的一日，但好的作品，会一代一代地传下去。他毫不吝啬给我讲解他的写作心得，不只一次，说要教我写粤剧。

难得的是，他把我介绍给他熟悉的唱片公司，泉兴、文志、永恒。以一颗无私的心去提携一个后辈，这是他令人敬佩的地方。

看到行内人有做得不好的，他不介意直斥其非。他的

179

口头禅是"我闹得你，就教得你"。他在指出别人缺点后，不忘告诉他正确的方法，亦因此得来藩王（烦王）的美誉。

他说要教我写大戏，不是空口说的。他每有新戏上演，必请我作座上客，并指导我怎样去欣赏。有时还附送晚饭。

他喜欢吃牛扒，记得有一次他请我到新舞台看他的新戏，他请我到他喜欢去的嘉顿餐厅"锯牛扒"，那次让我见识到他的食量。他竟可以叫侍应上双份。

后来他专注写粤剧，我则忙我的工作，尤其是在他搬离又一村后，我们见面的时候少了。

没想到的是，我终于跟他学写粤剧，但那已是很多年后的故事了。

麦嘉这个人

　　麦嘉常说自己是外星人，因为他的思想是与众不同的。

　　他第一次找我为他的电影《快乐神仙窝》写歌词，给我说故事。

　　救命，怎么会拍一个这样俗套的故事，我不看好这部电影，但歌，我照写。

　　没想到我觉得俗套的那部电影票房竟然大卖。他说，因为很久没有人拍这类通俗的电影，所以戏迷渴求这类故事。

　　之后，他成立了新艺城电影公司，我亦为该电影公司写了很多主题曲。

　　不知他怎么有这个想法，竟然游说我加入他的"奋斗房"做编剧，这个玩笑开不得，因为我自知不是这方面的材料。

　　又过了不知多少时候，《欢乐满东华》的编导打电话给我，说要我为麦嘉写一部粤剧折子戏。他们多半是见我为《欢乐今宵》写歌剧写得很多，而且有不错的表现，但他们哪里知道粤剧是另一码子的事。不过，创作方面，我是胆大包天的，我的诚条是："人家都相信自己，为什么自己不相信自己。"于是，胆大地把工作接下来，因为，我实在很希望试试自己在这方面的能力。

麦嘉说和他配戏的是徐小凤。

"徐小凤？"我心里嘀咕，她的腔调低沉，在粤剧这行当，该是唱生角的料子，于是想起一首双生对唱的粤曲——《王大儒》。

编导给我的指引是，徐小姐要演花旦。这回真的大出意料。麦Sir提议我改马师曾和凤凰女的《蝴蝶夫人》中的一段戏曲。

时装粤剧，仿马师曾的腔调，求的是怪，能遮丑，唱功不足处亦容易蒙混过去，凤凰女饰演的洋人官宦千金，腔调低沉更见特色。果然，此剧一出，大获好评。

见好再追，另一年的《欢乐满东华》，麦嘉和徐小凤再结台缘，这回，编导的指引是，徐小姐要靓，要上花旦妆。

"上花旦妆？""唱子喉？"这一惊非同小可。算了，我只管做好我的事。

于是，与麦Sir研究剧目的选择。他依旧选定马师曾的戏宝《刁蛮公主》。"何解？"我问，"公主装最靓、最华丽、最金光灿烂徐小凤。"他答，敲定了剧目，开始研究改编的细节。这一局，奠定了我和麦Sir以后的合作模式。

麦嘉演出《梁祝》一剧，可见他的演艺才能

何谓艺高人胆大？徐小凤是也。她以自己的腔调去演绎红线女那娇哆绝伦的角色。《刁蛮公主》令人耳目一新。播出后，好评如潮，我亦叨光不浅。麦 Sir 更凭此剧行走江湖，是之谓一曲走天涯。

我和麦 Sir 在《欢乐满东华》继续合作。继有熏妮的《柴房会》。此剧改编自潮州戏曲，卖点除了由潮州曲改广东歌之外，就是麦 Sir 在一把竹梯上表演颇具难度的功架。还有熏妮的俏丽扮相；悦耳的子喉，唱出粤曲特有的韵味，加上跟昆曲名票马老板苦练的舞台功架、身段，是另一套为人乐道的折子戏。

当麦 Sir 要和邝美云合作演出时，我建议他取材京剧的《活捉张三郎》。果然，邝美云的浓艳、风情，演活了阎惜姣。而麦嘉亦演活了风流谐谑的张三郎。

和麦嘉最后在《欢乐满东华》合作的折子戏是我那年刚看过的湖北梆子《钟馗嫁妹》。因为那次和他合演的是陈松龄，她做麦 Sir 的妹妹说服力较强，且钟馗造型特别，加上五鬼，演出时更觉热闹，出嫁场面亦喜气洋洋，很适合《欢乐满东华》的气氛。要陈松龄唱粤曲？我想，不如用汪阿姐那首很有戏曲味的《杨门女将》较为合适，在锣鼓的烘托下，陈松龄演来亦有板有眼。

这一年一度的演出，在麦嘉心中植了根，培养出他对粤剧的兴趣来，多年后，和他延续反斗粤剧的精神，创造了喜剧《梁祝》这神话。这一切一切，都源于一个"缘"字。

绝不"虾人"的虾仔贾思乐

　　《欢乐今宵》招牌趣剧《虾仔爹哋》，在二〇一二年搬上舞台。凭着贾思乐的人缘，招聚到他的一班红颜知己和圈中好友支持，终于冲破障碍，排除万难，顺利演出，且大获好评。今年，在九展的 Star Hall 上演《虾仔爹哋 II》。这一回，声势更大。

　　贾思乐是圈中少有的乖乖仔。他的成功可说是一个异数。一登荧幕，即担当主角。与殷巧儿合演《少年十五二十时》一剧而红。甘国亮可谓独具慧眼。

　　我很早便跟贾思乐合作，不过他是不认识我的。那时候，我在丽的映声担任综艺节目策划。当时的节目总监云影畦小姐得风气之先，筹拍一部以当时年轻人极喜欢的话题——星座为题材的电影《星座奇趣录》。由李英豪、李秋平和我一起构思这剧本。而我更负责写主题曲《星运人生》和插曲《找一颗星》。该剧的主角之一便是贾思乐。

　　真正跟他合作是甘国亮开拍的 TVB 第一部以歌舞为主

郑国江与贾思乐

题的时装青春剧《青春热潮》。

可能因着当时一部极受欢迎的歌舞剧《油脂》的影响，触发甘国亮筹拍这样一部高难度的剧种。为什么说高难度？因为以当时的电视剧制作条件是不可能拍一部这样大阵仗的戏剧的。第一，演员阵容大。有林子祥、周润发、缪骞人、陈百祥、谭咏麟、张国强、露云娜和贾思乐等。第二，每集都有很多歌曲和舞蹈场面。最要命的是时间，剧本是边拍边写。我一个人负责全剧的歌曲，甘先生拣的歌，都是难度极高的歌。每首歌除了要配合剧情外，还要兼顾演员的舞蹈、动作，练歌、排舞，演员们可说是疲于奔命。很多歌曲，几乎是以歌剧形式演出的，更难的还是，负责唱歌的其中两位歌星演员，露云娜和贾思乐是看不懂中文字的。

好一个贾思乐，竟然集集硬啃。最经典的一次，那时候 TVB 总台仍在广播道，为配合录音，我一早便要交歌词到电视台，那个早上，我到达电视台门口时，入了闸门，走近玻璃门，大概因为实在太早，玻璃门仍紧闭着，但门外的台阶上，却睡着一个贾思乐。

又一次在录音室，因为有些群戏，不是每个演员都唱得好的，贾思乐还要权充导师，耐心地指导他们录音，我从没有听过贾思乐说过半句抱怨的话，任何时候看见他，总是很有礼貌地微笑着，我真的体会到什么叫如沐春风。

那时候，我住在胜利道，到过我家的圈中人不出三个，贾思乐是其中之一。那次，因为他要到台湾登台，请我为他填写一首歌作登台用。因为时间很赶，所以要跟他逐字逐句地研究歌词，我预备了蛋糕招待他，他真的一口也不吃。此君律己之严，相信亦是他成功的因素之一。

《欢乐今宵》是个现场直播节目，很讲究演员们的实时反应。尤其是遇到卢海鹏这类精于"爆肚"的喜剧泰斗，极不容易接得上的。好一个贾思乐，竟能使《虾仔爹哋》成为长寿短剧，我有幸为这剧写主题曲和插曲。

接到这份差事时，我都有点担心，因为这是一部名副其实的闹剧，不单剧情胡闹这么简单，而且，几乎每集的剧情都是在吵吵闹闹中推进的。

不过，我有的是大无畏精神，终于，凭着两句民间俗语，开启了我的思维。小时候，常听人们说："无冤不成夫妇，无仇不成父子。"于是就写成这样的一首歌词。

父：非有恩怨不成父子

子：非有真爱不能同处

父：总有执拗时

子：总有吵闹时

合：拗撬也为明所以

父：一家之主岂能认输

子：不顾真理等如无知

父：虽有生气时

子：虽有顶撞时

合：心中充满着关注

这套剧其实还有一首插曲的，歌名叫《赤子心》：

黑暗中 无言地指引
只有他 明白赤子心
他给我 幸福的家
将快乐 轻送赠

这好像是我第一次写男声对唱的歌。歌词要带点喜剧性。用通俗的字句表达父子两代的矛盾、代沟，但又要充满伦常的爱，写来既要有冲突又带温馨。我希望写成一首雅趣共赏的词。我坚持最好能不带一点俗气。我知道要达到这境界一定不容易，但是我会继续朝着这目标进发，写流行曲如是，写粤剧的剧本亦如是。

永远轻松愉快的王者匡

认识他的时候，他叫王家怡，那时候，他刚从英国学成回来。

第一次见他应该是在我家附近的一家餐厅吃早餐，那时候我住在胜利道，餐厅有一个很好的名字，叫雅阁，现在已倒闭多时了。

他给我的第一个印象是个充满阳光的大男孩，健谈、开朗、音乐知识丰富。

我们第一个合作的项目是《飞跃梦幻城》，是一出充满幻想、欢乐的儿童音乐剧。他负责音乐排练，他的女朋友是个芭蕾舞教师，负责排舞，我则负责编剧和填写歌词。剧中的一位主要小演员，便是今日的林一峰。

之后，我们合作为港台做过很多儿童节目，如《音乐小豆芽》、《故事小豆芽》、《点虫虫》等。

大概是一九八九年吧，我们合作为一家出版社编写了一套小学音乐科用的教科书，这套书，一直为本港的小学用了十五年。

有一段很长的时间，我们各自忙碌。

他在新城电台工作，我在学国画、书法。直到一九九三年的某天，他忽然来个电话，我们又重新开始筹备一个儿童歌剧，但这次是改编一个叫《魔笛》的童话故事，剧名是《神奇魔笛手》。

这应该是一部很适合 Harry 主演的舞台剧。因为他本身就是一位优秀的笛子演奏家，而且一直在不同的学校开设笛子班，更编写及出版了一部专教小朋友吹笛子的书，再加上他亦是一位魔术师，这样的一个笛子手，怎么能不神奇。

交剧本到他家里的时候才知道，原来他已经结了婚，还有了一个小宝宝，太太是我见过的芭蕾舞教师。

到第二次合作是为另一家出版社编写另一套音乐教科书，这已经是二〇〇五年的事了。在一个为这套教科书举办的发布会中，他请了他的儿子来司琴，原来他的儿子刚好放假回来，因而请他帮忙。这个叫我叔叔的大男孩已经十九岁了，长得比父亲还要高，与其说他们是两父子，倒不如说是两兄弟还像样。这孩子承袭了父亲和祖父的音乐天分，小小年纪已经屡获奖项。

这孩子的祖父，亦即王者匡的父亲，说来大有来头，他是我童年的电视偶像加明叔叔，王曦先生。他是当年很负盛名的儿童节目主持。

没想到，我竟然有机会和我的童年偶像合作，那是一

郑国江与王者匡

次由教育局举办的音乐比赛项目，我为他改编了 *Let There Be Peace on Earth*（《祝愿世界和平》）这首歌，由于他们的队伍表演出色，拿了个金奖，老人家开心得不得了。

Harry 哥哥是香港暑期为儿童而设的大型节目《国际综艺合家欢》的常客。那一年，为预备通过魔术和布偶向儿童介绍古典音乐的项目，他创作了一个叫《冇嗰样玩嗰样》的表演项目。他请我为他选出的十多首古典音乐负责歌词创作，根据奇幻的剧情我创作了《闷过一条鱼》、《油炸鬼鬼》、《吃糖测谎机》、《神奇绿公仔》、《快乐喷泉》等意念疯狂有趣的儿歌。

在一次会面中，我跟他提起我写儿童粤剧的事，适逢他又有演出，于是我的第一个儿童粤剧项目《司马光，撞爆缸》实时有搬上舞台的机会。我和 Harry 哥哥每次见面都会擦出火花，这次擦出的不是火花这么简单，简直是擦出烟花，他把这段小插曲演变成大阵仗的制作。

Harry 哥哥和他的徒弟仔要拉大队上深圳录音，因为我们真的以粤剧的传统音乐做配乐，其中一节重头戏是以粤曲的谱子《旱天雷》写成的游戏项目《麻鹰捉鸡仔》。为了配合这个小型折子戏，我们设计了简单但好玩的服装和道具。这个创新的表演手法，是 Harry 哥哥和现场的小朋友及家长以互动形式表演的。《司马光，撞爆缸》就是在这种突破性的意念下，轻松、愉快地完成。不敢说是成功，但肯定是一项纪录。

二〇一一年，小童群益会七十五周年会庆，为向过去多年来为儿童成长作出贡献的人士致敬，他们举办了一个"启迪童心"致敬礼，加明叔叔、Harry 哥哥和我全部接受嘉许，这算是我和他们父子俩的一个缘分，这个缘分建立在儿童身上。

辛尼，永远的哥哥

认识辛尼哥哥（黄汝燊）时，他在丽的映声教一群小朋友唱歌，好像名叫小跳豆歌咏团什么似的。他本身特别喜欢夏威夷音乐，见到一班小朋友，男的戴着五色斑斓的花串，女的穿起用彩色尼龙草编成的草裙，唱着转着，一派天真烂漫。没想到过了若干年，竟会跟他在 TVB 合作起来，算是缘分。

TVB 参照《芝麻街》的形式，开拍一个学前儿童节目《跳飞机》。策划过程中，我又一次展示我天不怕地不怕的本领，希望仿照《芝麻街》加插两个布偶。当时不知道哪里去找人制作这类嘴巴能动的布偶，由于我曾在《欢乐家庭》中教过手工，导演叶洁馨便把制作责任交给我。

接了任务以后，开始头大，真的如俗语云："老鼠拉龟，不知如何着手。"凭着自己对物料的少许认识，知道布偶的头，应该选用海绵做材料，决定了以后，到坊间采购海绵，这时候，才发觉海绵的质地有很多，有些偏硬，

195

郑国江与辛尼哥哥一同主持《跳飞机》，扮演面包头和爷爷

有些易碎等，几经艰苦，才选到一种可供雕塑的。

对着一块大海绵，怎样着手把它雕成一个嘴巴会动的布偶头呢？尝试过各式的工具，最终选定了剪发用的剪刀，取其薄的性能，还有美工刀。剪刀用作处理布偶的头形，美工刀用作开口和挖手部放入头中控制口部动作的洞沟。失败过多次以后，终于完成了两个布偶的头，但海绵本身惨白的颜色，不宜出现于儿童节目中。

于是，又要面对布偶的着色问题，这又是另一串艰苦的实验。水溶的颜料，不能上在海绵面；油漆、乳胶，干了会变硬，嘴巴一动便龟裂、脱落；铺布面，又有皱纹。正在百思不得其法时，碰到桌上一盒油性的箱头笔。救星来了，选了橙色和黄色，涂在海绵上，只要技巧控制得宜，颜色可以上得很均匀。

还有眼睛、头发和舌头等琐碎的问题，有待解决。眼睛、舌头等选用了戟绒，因为这种物料，剪开以后不散口，头发用长毛的布料，衣服方面，选配了童装，加些改动，大功便告成了。

由于童角的布偶头形剪得像一个汉堡包似的，于是为他改名面包头，另一个布偶是童角的爷爷，便直呼爷爷算了。

这对布偶成了节目中的"梗角"，由辛尼哥哥和我操控，演出每集相关的情节。我扮面包头，辛尼哥哥扮爷爷，此节的剧本全部由我编写，就这样，跟辛尼合作了差不多三年，算是时间颇长的合作伙伴。

蔡丽贞与周海棠

　　打从我第一个为 TVB 策划的杂志式儿童节目《星期六乐园》开始，便引入了儿歌的环节。那时候，因为主持人之一为蔡丽贞，她是当时的小歌星，所以顺理成章，由她演绎一些儿歌。

　　我第一首写的儿歌是谱自 Oh Susanna 的《齐齐望过去》。

　　　齐齐望过去
　　　小溪里
　　　有只青蛙想跳水

　　"齐齐望过去"这句子以后，可以没完没了地写。单是写"公园里"，可以写"两只马骝双双对"，"有只猫仔追花絮"等。

　　　有只了哥

吱吱喳喳想驳嘴

齐齐望过去

小屋里

有只小狗竟饮醉

　　导演说儿童节目不宜有饮酒的意识，饮醉更不得了。
于是将"竟饮醉"改成"好得意"。我是边学边做的，以后，
我记住儿歌要注重不能有不良意识这因素。

　　这首儿歌播出以后，很受欢迎，顺利地为我开拓多一
条词路。之后，我曾为蔡丽贞写过一张儿歌大碟，是文
志唱片公司出品的。里面有灵感来自袁丽嫦的《细蚊仔
唔肯吧饭》（《小孩不愿意吃饭》）和《细蚊女唔肯瞓
觉》（《小女孩不愿意睡觉》）。有改编自《蓝色多瑙
河》的《塘鹅学表演》，有《祝寿歌》和《结婚进行曲》，
她经常要外出表演，这两首歌是必备的，还有温情的《妈
妈！我知错》等等。

　　蔡丽贞是个很乖巧的小女孩。她除了主持《星期六乐
园》外，还在EYT中表演唱歌，她最为人乐道的是穿起"短
打"扮男孩子唱《唐山大兄》。此外，她亦应邀在一些堂
会中献唱，间中亦在当时的歌厅登台，最难得的是她一
直没放弃学业，而且成绩还非常好，她是带着书包返工的。
每看到她利用演出的空档做功课时，我的心里油然升起
一份欣赏和怜惜之情。

　　在那个儿童节目中，我还引入儿童烹饪，这是个很花

蔡丽贞的签名照片

心思的项目，因为这节目的主要观众是小孩子，刀和火是两大忌，又因为怕小孩子模仿力强，他们分不出什么事可以做，什么不可以做的，因此设计菜式时要以安全为上。

记得有一次，教做杂果啫喱，应该是很容易的玩意儿，开罐杂果罐头，溶了啫喱，混合后，放入雪柜即成。偏偏我这人爱搞新花样，好事没做成，用新鲜水果做杂果啫喱，新鲜水果是会不断出水的，于是啫喱永远不能凝固，到我发现问题时，已经喝了一肚啫喱糖水了。

这个项目是由蔡丽贞主持的，这小女孩聪敏过人，跟她说一遍，便可以录像了。除了很少出错外，遇到尴尬事情，还懂随机应变，是天生吃这行饭的料子。

蔡丽贞的歌唱天分，相信得自母亲的真传。蔡丽贞的母亲是邓碧云的爱徒，艺名周海棠，除了演出粤剧外亦追随师父拍电影，但结婚以后，专心相夫教女。蔡丽贞能一面工作，一面读书，母亲的管教、照顾和爱护，真的缺一不可，敬佩这小女孩的勤奋外，更敬佩这位艺坛慈母。

没有和蔡丽贞联络好一段日子，忽然接到她的电话说要请我听演唱会，我"哦"了一声之后，跟着"吓"一声，为什么会有这样的反应，因为开演唱会的不是她，而是她母亲周海棠女士。原来蔡丽贞离开了娱乐圈，专心学业，反而她母亲闲来设帐授徒。那夜，她母亲施展浑身解数，粤曲、国语时代曲、英文歌，真的是十八般武艺件件皆能，这一回，轮到蔡丽贞为母亲的演出，打点一切。

好一对艺坛母女，轮流发功。

知行小学的红棉树

　　小时候，负笈于二马路（坚尼地道）的知行小学。那时候住在湾仔的交加里，每天沿着湾仔道，穿过皇后大道东，沿石水渠街，走一段稍倾斜的斜路，再拾级而上坚尼地道。沿路花木扶疏，有几棵高大的白兰花树及枝桠交错的鸡蛋黄花树。

　　早上，雀鸟争鸣，歌声不绝，到花开季节更满路花香。一些上了年纪的婶婶们，会特地走来采摘白兰花插在发髻上，或包在手绢中。伯伯们多携着鸟笼，挂在树上，一面做晨运，一面欣赏雀鸟的歌声及它们在笼中跳跃的姿势，到现在我仍会偶然梦到那情景。

　　学校是座旧建筑物，要走两趟楼梯才能到校舍，上了第一趟楼梯，是一个平台。平台中央，有一棵很大的木棉树，午膳时，一众小贩便到来开档做买卖。那时候的食物比较简单，有用木桶盛载着的豆腐花，用铁桶放着一大块冰，冰里藏着蛋形的大菜糕。最受欢迎的要算

郑国江小时候，摄于知行小学

用竹篓作桌子，陈列着各式卤味的贩子。那时候年纪小，觉得小小篓里真的百味纷陈，有猪耳串、大肠、墨鱼、牛肉、红肠……还有各式酱料，馋嘴的同学们张张嘴巴都颜色碟似的，还有，用单车作摊子卖雪糕、雪条的叔叔，单车上载有两个圆铁桶，装着他做的椰子雪糕和芒果雪糕，下课钟声一响，同学们便蜂拥到这里，各适其适地享用他们心目中的美食。

在这里度过了两个学期，这两个学期培养了我日后的兴趣。其中一位老师以前是从军的，教历史科，一读到"四行仓库"等抗日事迹时，他便绘声绘影地缕述他当年在战场上的经历。小小的心灵，自然感染到点点国仇家恨。在我的作品中，《中国眼睛》、《百年》等相信是源于这

206

潜藏在我思想中的激动。

这位老师是住在学校的，除了上课改卷外，就是练字。大篆、小篆、隶书、草书……各体书法不停地练。他的寝室前很多时候都聚着一班同学，他们在那里等候他分派墨宝。《满江红》呀，《大江东去》呀，他从不吝啬。我亦曾经获分赠一幅《乐毅传》的隶书，那时读五年级的我，字都不认识几个，何况还是用隶书写成的。但很奇怪，时不时总爱翻出来看看，然后又心满意足地收藏起来。大概是折叠得太多的关系，纸张有些破损，书法是写在宣纸上的，我哪里来一张宣纸，只好到纸扎铺买些砂纸回来修补。珍而重之地收藏了好些年，但经不起连年迁徙，终于失佚了，每想起这些，心里都快快不快。以后，不自觉地兴起学书法的念头，或多或少是这位老师给我的影响。李庆康老师，谢谢你。

影响我的，还有教国文的老师，他传授的不单是课本上的知识，触类旁通，德育上的、语文上的，他觉得我们应该认识的，都尽量灌输。记得有一次，暮春时节，课室窗外的红棉花盛放，老师便对我们说，红棉要是长在树丛中，它一定要长得比其他树高的，因为它要出众，要争光。

老师的一番话，牢牢地印在我脑海中，当钟肇峰给我为罗文写的歌时，旋律触动了我，就这样写成了《红棉》这首歌词。

又一次，老师教到冰心的《红莲》。课文说的是两缸

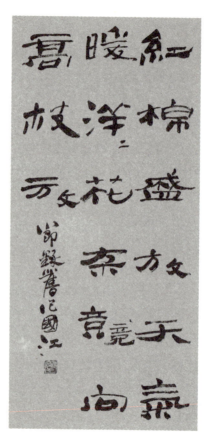

《红棉》书法作品

雨中的莲花，老师突然走到黑板前写了"涟漪"这两个字。跟着对我们解说当雨点滴在缸面时，水面上会泛起圈圈涟漪。如果我们把小石子抛掷到平静的湖面上，湖面亦会泛起一圈涟漪。它慢慢向外扩散，直至消失，可能我天生对这些小情小趣特别敏感，我竟然会一直惦记着老师这番话。每当走到海边或水塘边，都会找一块小石子，扔向水面，欣赏那一串由小石子击起的涟漪。

凑巧电视剧《突破》的监制要我写一首少男少女的情歌做插曲时，这景象不期然浮现出来。加上陈百强的曲和那富含感情的歌声，成就了这一首俘虏不少歌迷的金曲。

我是从大戏中走过来的

在母亲的肚子里已经看粤剧（大戏），在我的记忆中，伴我度过童年和成长期唯一的娱乐就是粤剧、粤曲、歌唱粤语片。怎么说歌唱粤语片，早期的粤语片没有穿上戏服唱粤曲的场面，除非是戏中戏。伶人们都是穿着时装而唱大戏中的板腔，看得很不是味道。要看真的大锣大鼓，一定要看大戏。

记得我读一、二年级的时候，一面听书，一面在课本上空白的地方，画我在大戏中看过的角色们的大头。有时是花旦，有时是小生，最喜欢画他们的戏装，文武生那冠上的绒球，一团一簇的，还有雉鸡尾。画来画去都是那几个样子，但就是画之不厌。当然，换来的是父母亲的苛责。那时候还没有原子笔，小孩子哪里有资格用墨水笔。上课时，用的都是铅笔。最心痛的惩罚是迫令我要用橡皮擦擦去自己的心血结晶。

那时候，母亲在油麻地警察局对面的小铺做"挑鞋"

的工作。这种工作现在已经绝了迹。那时候，男士女士都穿软底鞋，那些鞋是用针线把鞋底和鞋面缝合起来的，部分工序用缝纫机，部分工序用针线。用针线的部分是鞋的内笼。这些工作都是雇用妇女们做的，当时这类售卖软底鞋的店铺很多，人们都称之为绣花鞋，老板多是由国内迁来的上海人。还记得母亲工作的地方，有一幅半边墙壁大的黑白照片，他们说照片上的是上海很出名的大明星，叫陈云裳，照片是这位明星在《木兰从军》的剧照。

有时候母亲会带着我到她工作的地方去，她在铺内工作，我在铺面外的地方玩耍。那时候，大概是七岁，独个儿在骑楼底游游荡荡，母亲说不能走得太远，只能在铺面附近跑跑跳跳，最大的乐趣是咿咿呀呀地唱着自己想说的话。用学校里学来的歌曲，什么《傻大姐》呀，《小小姑娘》呀，《燕燕歌》呀等，套上自度的歌词，唱呀唱，从不觉得独个儿有什么不好玩。母亲很放心让我在那片小天地玩，因为对面是警署，整天都有警察叔叔巡逻，这地方成了我童年的小舞台，有时唱歌，有时学从大戏中看到的台步、功架，在那儿耍耍玩玩。

母亲的一个朋友看到我的表现，说要介绍我去学戏。她说她认识黄千岁，可以请他收我做徒弟。我们那时候生活很清苦，本来少了我一张口，家里的负担会轻一些，因为那时候戏班的规矩，徒弟是跟师父生活的，不过母亲没有答应。我的伶人梦便是这样破灭了。但对粤剧、粤曲的喜爱丝毫没有退减。

郑国江自小与粤剧因缘甚深，亦参与书写粤剧剧本，图为他与《代代扭纹柴》演员合影

在我十岁那年，母亲到了父亲一位好朋友的藤厂工作，藤厂是在湾仔的，而我却在位于西营盘的圣类斯学校上课。本来每天可以用"一角"乘电车上学的，但是我却宁愿早些出门，步行去学校。因为我喜欢一路行，一路唱我从"收音机"学来的粤曲，每天都是唱着那几首，什么《游龙戏凤》、《楼台会》、《补镬佬》等等。如果你在那时候在皇后大道中、皇后大道西，大清早遇见过一个小朋友，拎着箱子，傻里傻气，一路行，一路像上了身般唱着粤曲的，那人准是我。

我是天生没有记性的，好好的一首歌，本来已很熟的，我可以今天忘了这句，明天忘了那句。但歌曲总要连贯的，要唱下去，唯有自创一些句子，串合起来唱。我的填词基本功，相信是这样子练成的。

读书我不怎样努力，但听大戏我是很卖力的。那时候的电台，每有新剧上演都会转播一两晚的。我最爱"打风"的日子，因为台风袭港，电台通宵广播，通常都选播长篇粤曲，我便可以整晚听个不停，因为翌日多半不用上课。其实播来播去不外那几出，我不明白为什么我可以听之不厌。直觉上，我有病。

不知是什么年份，香港电台竟然由播音员唱起粤曲来，那是比龙翔剧团成立早很多的年代。他们自编自制一些剧目。记得当年的播音红星何楚云唱女腔，张雪莉唱芳腔，真煞有介事地用上大锣大鼓。这些节目给我很大的启示，粤曲、粤剧不一定是戏曲艺人的专项。

后来，丽的呼声都创作了好一些歌唱广播剧，印象较深刻的有《唐伯虎点秋香》，歌曲以小曲为主，郑君绵的"桃花靓，梅花靓，素馨芍药十分靓……"便是那个时候流行起来的。

从此我认识到粤曲也可以多样化的。

到了周聪的年代，有一首《快乐伴侣》：

寻伴侣
为了真乐趣
情未醉
我的心先趣
日日快乐唱随
真心结佳侣

把我从粤曲的醉梦中提醒过来，这中间已经历了十多年岁月。我的童年就是这样度过的。

一首《山前小唱》开始了我的歌词创作生涯

　　我常常说是填词选择了我，不是我选择填词的。

　　在我那个年代，填词是项很冷门的工作，我做梦也没想过会做这件事。

　　我喜欢填词。七岁时，我已把从看大戏学回来的旋律，咿咿呀呀地唱出我心里想说的话。中学时，同学出国，我亦把粤谱《汉宫秋月》写成《送别歌》。英文老师忽然在课堂上，用中文写出他以粤谱《锦城春》写成的《分离》歌词，说是他失恋寄情之作，我亦以原谱写成歌词，勉励他"栽桃替栽花，他日桃李满天下"。尽管如是，但我从没想过要以填词为工作。

　　后来，我误打误撞加入了丽的映声做综艺节目的策划和编剧。和两位前辈李英豪、李秋平一起负责《花月佳期》、《花月良宵》和《香江花月夜》这三个节目，那时候香港泛起台湾国语歌热潮，什么《今天不回家》、《梅兰梅兰我爱你》、《负心的人》等，简直达到泛滥程度。

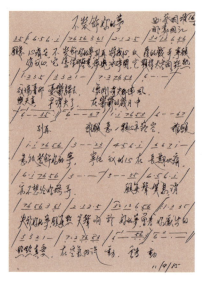
《不装饰你的梦》词作手稿欣赏

　　当年负责统筹综艺节目的云影畦小姐，认为香港是讲广东话的，没理由清一色是国语歌天下。于是提议我们试把国语歌改成广东话歌词在节目中唱。两位李先生齐齐把责任交给我。"新人新猪肉"，他们没想到这是我很想做的事。于是我把《山南山北走一回》改写成《山前小唱》这首广东歌，由当时情侣组合李道洪和梁小玲合唱，由于反应好，以后我便一周一曲，就这样开始了我的填词生涯。

　　之后，甚至把几首歌，串成一个趣剧演出。由于当

《只要身边有你》词作手稿欣赏

时丽的映声有一群能歌善舞的搞笑高手如钟朴、陈丽云、夏雨、阮兆辉、奚秀兰、李道洪等，即使是五十分的剧本，经他们插科打诨后顿时成了一百一十分。于是又为我的工作揭开新的一页。

　　香港电台一直都以龙翔剧团到公园演出粤剧娱乐大众的。他们想搞搞新花样，请我为他们写一个时装的歌唱趣剧《墨汁眼镜》，由他们的播音艺员刘一帆等演出。由于很受观众欢迎，于是又为他们编写了《长腿姐姐》、《美男子》等。

跟着《欢乐今宵》又请我为他们编写歌剧，当时的编导何家联先生给予我很大的自由度，时装、古装、严肃的、搞笑的，任我自由发挥。基于他们人强马壮，各方面的条件都配合得很好，所以成了星期三晚的长寿项目，几乎演了一年，有包公案的《秦香莲》，有《华山救母》、《啼笑金鱼缸》、《蝴蝶夫人》，其中《迷娘》一剧分上中下三集播出，第一集动用了当时长篇剧《啼笑姻缘》的布景拍摄。《秦香莲》一剧还亲自到邵氏片场用虎头铡，《华山救母》用上爆破场面，可说是 EYT 搞笑节目中之认真制作，演员个个是巨星，汪明荃、郑少秋、森森、李香琴、谭炳文、沈殿霞……真的精英尽出，这一年，给予我很好的磨炼。

　　最难忘是一九八三年《欢乐今宵》第一次上广州作实地演出。当时，我排出《八仙贺寿》。第一次负责如此重头的项目，尽管有了一段长时间的编剧与写歌词的经验，但是次演出的对白和歌词，除了要经 EYT 的编审敲定外，还要过广州电视台那一关，他们对文字的要求特别严格，幸好，一稿过关。

　　演出当日，尤为惊险，因为演出的场地是露天的，当天一直下着雨，排练中的仙女们，裙摆尽湿，飘不起来，台前幕后，人人都心急如焚。EYT 就有这个运气，黄昏时，一抹斜阳出现，跟着风停了，雨止了，这一晚顺利成功地为 EYT 缔造了另一个纪录。

《视听蔡和平》改变了关正杰的歌路

　　蔡和平先生离开 TVB，离开他一手创立的《EYT 欢乐今宵》。

　　他进驻丽的映声，依旧制作他擅长的综艺节目，索性打正招牌，命名为《视听蔡和平》。

　　节目其中一项特色是每辑都有一首由欧西流行曲改写为粤语的歌曲，更大胆起用腼腆的关正杰作主持。

　　关正杰的英文歌唱得非常了得，但用广东话唱，不是转一个频道这样简单。

　　蔡先生请我负责填写歌词这部分，意味着每星期要完成一首西词中译的歌曲，对于喜欢写歌词的我，当然很乐意接受这份差事。

　　我亦向蔡先生提出我写作的要求，第一，我需要原来那首英文歌的录音带，第二是该曲的简谱。这样基本的要求，他自然可以办到。

　　节目筹备阶段，先交来主题曲和两首英文歌，其中一

首是 *And I Love You So*。我大概照原意，写成了《蜜糖儿》。

歌词是这样的：

> 我心喜欢你
>
> 众皆知心事
>
> 问我心中意
>
> 我说未曾知
>
> 要知心中意
>
> 了解心中事
>
> 在我心坎里
>
> 你是蜜糖儿

关正杰试唱时，蔡先生请我到现场一起听，如果歌词有什么问题，我可以实时修正。关正杰大概不习惯唱广东歌，他唱的时候，像很不愿意唱似的，害得我很担心。一来是担心歌词写得不好，他不能接受；二来怕有负所托，辜负了蔡先生的赏识；三来又怕耽误了节目的制作进度。

没想到歌曲录好以后，效果非常精彩，证实了蔡先生眼光独到，所有在场的工作人员都面露赞叹的笑容。我的第一个印象是从没有听过这样从容的男声，他把广东歌唱出另一个层次来。

主题曲和这首《蜜糖儿》都先后由基奥唱片公司灌录成唱片，不过《蜜糖儿》就改了歌名。

蔡太任平平女士听完关正杰这首歌之后，问我可不可以以歌词的第一句《我心喜欢你》做歌名。我实时发觉原来改歌名是一门大学问。怎么我想不到这样好的歌名。

《我心喜欢你》简单、直接，那时候，对在谈恋爱的男女孩子，点唱，是一种很热门的玩意儿。通常都会请对方留意歌词。这首歌，不正是热门之选吗？所以，后来谭咏麟也重录过这首歌，收在他的大碟中。

世事常有意外，有一次蔡先生送来一首名叫 *Puppet On The String* 的英文歌，我填好，交了卷，没想到黄昏时蔡太打来电话，说职员弄错了，这首是照英文版本唱的歌，改粤语版的是另一首。由于时间紧迫，明天便搭歌，而且音乐带已录好，改不了。希望我晚上十二时后到海天夜总会向陆尧叔取简谱。

我到达夜总会现场时，顾嘉辉先生和陆尧叔还在与歌星们表演，耐心地等他们打烊以后，陆尧叔才开始把简谱抄给我，回到家里，困到倒头便睡，翌日早上起来以临危受命的心情，把歌词赶出来。完成了歌词以后，放在管理处，通知负责的职员来取，作品很多时候是这样子赶出来的，后来逐渐习惯了。

歌词交给关正杰唱还好，有时他们交给请来的嘉宾演绎，这才真的要命。因为要提早把歌词赶出来。赶赶赶，技巧就是这样子磨炼出来的。

记得一次以 *Seal with a kiss* 写成的《日日寄你一首诗》，给 Joe Junior 唱，他是看不懂中文的，于是要译上译。他要以英文注音的方法把歌词的广东音记在音符下。成功的艺人，自有他们的杀手锏及过人之处。尽管过程是这样复杂，但演出时，总是情辞并茂，使人击节赞赏。这首歌，后来还收录在徐小明的第一张大碟中。

我早期的作品是以笔名写作的，节目播出后，反应大概不俗，连黄霑亦留意到节目中的粤语歌词，他曾致电蔡和平，询问填词人名字，蔡先生说这是他的秘密武器。黄霑忍不住在他的专栏中这样写上一笔：

在《视听蔡和平》节目中，有一隐名的
填词高手在。

看到前辈这样赞誉，心里在窃笑，我这一个填词新晋竟变了高手词家，但对他的激励仍是十分感激的。他的一番话，使我更有信心熬下去，亦成就了我以后跟沾哥的一段亦师亦友的情谊。

儿童是我创作的源泉

一天，接到丽的映声打来的一个电话。

"喂，我是丽的映声戏剧组的导播陈达威，有一个节目想请你帮忙，可不可以上来谈谈。"

就这样开始了我的童话故事。

他想开一个由儿童演出的戏剧节目，《小小剧场》。这是他的构思。

这意念挑起我潜在的对戏剧的痴迷，骨子里我是很喜欢戏剧的。

我差点告诉了他，当丽的映声还是在湾仔海旁的时候，我也曾投考过他们的艺员训练班，不过，连面试的机会都没有。

我毅然答应了他。之后，苦难开始了。

首先，是剧本的选材。我以前看过《爱的教育》这本书，觉得里面有很多独立故事，很适合改编给儿童演出和观看的。于是决定以此书为蓝本，编成若干个半小时的短篇剧。

剧本写好后，要交到电视台，他们找人抄写和印刷，那时候没有复印机，剧本要找专人用针笔板蜡纸抄一遍再用油墨印出来。

印好剧本以后，我从我教的学生中挑选合适的小演员，征得他们的家长同意后，便对他们进行排练。

那时候，教育司署每年都举办校际朗诵比赛，我负责教参赛学生，所以要挑选一些伶牙俐齿和有表演天分的学生并不困难。

困难是教学生对稿，做表情和走位等。一切前期工作完成后，便带他们到电视台录像。一星期一次。我现在回想起来都奇怪我竟然可以应付得来。

后来陈导播调到综艺节目组，希望我继续帮他，于是我又开始另一项新挑战。

这边厢，我放下了《小小剧场》，那边厢 TVB 又找我负责《芝麻街》的宣传汇演。那个项目的监制是孙郁标女士。开了几次工作会议，开启了我参与电视儿童节目的大门。

那时候，是电视这个行业刚进入了竞争阶段，有利像我这样的自由作业人。电视台但求有人，不计较他们两边跑。但我仍有我的原则，当我在 A 台负责儿童节目时，我在 B 台便负责综艺性节目。

大概因为我的职业是教师，所以当 TVB 要开一个儿童问答比赛《温故知新》时，顺理成章找我帮忙。这个节目成了 TVB 的一个长寿儿童节目，记不起做了多少年，

《阳光下的孩子》词作手稿欣赏

但主持已换了三位，最先是殷巧儿，跟着是罗玉琪，然后是莫凤仪，我算是三朝元老了。

《温故知新》之后，我几乎成了 TVB 儿童节目的必然策划。

经我手策划的儿童节目有《星期六乐园》、《齐齐玩》、《零舍心急》、《开心地》、《跳飞机》、《闪电传真机》和《430 穿梭机》等。

每个节目都有其难忘的故事。

《星期六乐园》是 TVB 第一个杂志式儿童节目。由长腿姐姐葛剑青及童星蔡丽贞和陈舜主持。节目中，我首次引入儿歌和儿童烹饪。

郑国江曾在儿童节目中教小朋友做手工，你能认出他身旁的主持人吗？

第一首儿歌是改编自《苏三不要哭》的《齐齐望过去》，这首儿歌传颂至今，每次唱起都会勾起很多朋友的童年回忆。儿童烹饪是难度很高的环节，因为要避免很多危险的烹饪方法，以免儿童模仿时会烫伤、割伤。所以选择题材时有很大的局限。

　　要选最成功的儿童节目，相信非《跳飞机》莫属了。由于主持人辛尼哥哥十八般武艺件件皆能，使这个脱胎自《芝麻街》的学前儿童节目深受社会各界欢迎，好评如潮。

　　最轰动的是带起了一股儿歌热潮。

　　"123，321……"，"向上刷，向下刷……"陪伴了香港好几代儿童成长。其他的不敢自诩，但我相信我是全香港写儿歌数量最多的作词人。

　　有时我觉得自己过分不自量力。节目中有两只海绵布偶，面包头和爷爷。我竟然不知死活地答应制作。由选择海绵的材料开始，已是困难重重，但又竟然给我一一克服了，这对布偶保存到今天，仍活动自如，嘴巴能说能唱。

　　最使我觉得自己不自量力的莫如近年竟编写起儿童粤剧来，已上演了的有《司马光，撞爆缸》，未上演的有《木兰花香》和《凤阁恩仇前传》，不过后两部剧的若干段小曲已独立演出过。由从未接触过电视行业，到写儿童粤剧，对我来说真的像一个童话。

我经历了粤语流行曲的战国时代

　　在台湾歌手以歌舞团形式攻陷香港的当儿，粤语流行曲几成绝响。那时候，靠尹光等一辈歌手支撑着，形成一种"庙街文化"，这对粤语流行曲更是雪上加霜。大家都有一个错觉，这错觉是粤语流行曲是低俗的。直到谭炳文在 EYT 唱出由莉萨的《相思泪》恶搞写成的《伤心泪》，及合唱曲《分飞燕》播出后，事情才有一些起色。到《啼笑姻缘》面世，粤语流行曲的复兴似乎看到一些端倪。于是一些本来以唱英文歌或国语歌为主的歌手们都跃跃欲试，灌录粤语流行曲。

　　由于粤语流行曲长期积弱，各人对这曲种都不敢抱太大寄望，因此，早期的唱片公司都以测试市场的心态去制作。徐小凤的《风雨同路》大碟，一半是粤语流行曲，另一半是她最擅长的国语歌。温拿则广东歌与英文歌各占一半，陈百强的《眼泪为你流》录音带亦一面广东歌，一面英文歌。但这三张唱片都大卖，为粤语流行曲夺回

《自我》词作手稿欣赏（演唱者为蔡枫华）

桥头堡。

当各界都对粤语流行曲恢复信心之际，适逢内地市场开放。回乡客回乡探亲时，最方便且时髦的手信，便是一部卡式录音机和几盒录音带。因此，新歌的需求便大起来。于是，新的华资唱片公司便如雨后春笋。

一时间粤语流行曲处处闻，连香港电台的节目《新哥·新歌》都开设了金曲龙虎榜。报章亦加插专栏介绍和评论粤语流行曲的新碟。

当时得令的歌手，已被各外资公司签定了，而且各出奇谋挖角。四大外资公司各拥名牌，如 EMI，有叶丽仪、叶振棠、林子祥、李龙基等，SONY有徐小凤、蔡枫华、大 AL，宝丽金阵容最大，除温拿五虎外，还有关菊英、陈丽斯、邓丽君、关正杰。形势较弱的是华纳。华资的四大应首推娱乐唱片公司，这家以制作粤曲称雄的公司早期以一曲《啼笑姻缘》奠定江山，再以一曲《小李飞刀》名震乐坛。其次要算新兴唱片公司，甄妮以单天保至尊姿态出现，一曲《明日话今天》，与SONY的《风雨同路》对垒，形成势均力敌的局面。后来居上的还有永恒唱片公司，除熏妮的《每当变幻时》外，还有张伟文、冯伟棠、黄恺欣、张德兰等，阵容不弱。丽风唱片公司继续以莉萨、郑锦昌、甄秀仪、刘凤屏等歌星挂帅，各有拥趸。风行和文志，亦各有佳绩，风行一贯以粤剧老倌为主，文千岁、李宝莹外还有电视艺员，李香琴、谭炳文、郑少秋、汪明荃等。早期的配音片集如《带子红郎》的《天涯孤客》及电视剧主题曲《金丝雀》等都是很受欢迎的作品。

文志唱片公司以文就波押阵，文就波是早期粤语片年代的资深音乐人，曾以文就波大乐队的形式在各中式夜总会演出，公司以一首由罗文主唱的日本配音片集主题曲《锦绣前程》掀起了一场歌星争夺的战幔。

加上基奥、泉兴、大华等，形成一个粤语流行曲的战国时代，这个时代见证了，如罗宝生、李愿闻、望山人等逐渐退下火线，连擅写粤剧的撰曲人如叶绍德、苏翁等，亦减产。创作的火棒交了给黎小田、顾嘉辉、黄霑、卢国沾和在下。

粤语流行曲的战国时代，少不了黄霑和郑国江

《你令我快乐过》词作手稿欣赏（黎小田作曲）

　　早期，因"庙街文化"效应，我的词作都用笔名，记得母亲说，取名时，我本名国光的，但算命的说我欠水，因此把"光"字改成"江"字，到我替丽风唱片公司写歌词时，我要构思一个笔名，我想起一个有水但又笔画少的笔名，不知哪里来的灵感，竟然给我想出一个只有四画的名字来，这个名字就是一川，曾经有一段很长的时间，我都使用这笔名，但间中亦有用江上风、江泓……笔名太多，不能尽录。最后使用的笔名是娱乐唱片公司专用的江羽。

惊心动魄的四十周年名曲·巨星演唱会

很佩服歌星朋友们，能在一年前已安排好演唱会的程序，我想起都担心。大概我天生胆子小，我怎能预计一年后会发生什么事？社会的经济环境如何？自己的健康又怎样？所以，我是注定成不了大事的。

辉黄演唱会成功以后，曾有若干机构接触我，开出的条件颇吸引的。由于我的反应不怎么积极，都没有成事。

我持的理由很简单，我负责写词最多和最受欢迎歌曲的歌手，离去的离去，退隐的退隐，剩下来的都是不容易邀请到的，所以我推辞的理由是"我福缘薄，经不起这样大的盛情"。

我常说要发生的事始终会发生。就在二〇一〇年，区瑞强忽然向我提出要为我开个演唱会，不知道他哪里来的消息，知道我在二〇一一年刚好入行四十周年，凑巧是我七十岁。

我想想这应该是个很好的时机，但我先向他强调，不要以七十寿辰作宣传，不是我不肯认老，而是人寿是上天给予的福泽，千万不要拿来宣扬。入行四十周年倒不失为一个好的标题。事情决定了以后，他便着手订场、联络歌手、选歌等工作。

那时候，我已在他的音乐学院教了若干个填词班，对他待人处事的态度有很大的信心，所以我绝口不提条件，只是交下一句话，就是千万不要薄待我的歌星朋友。

事情一直都进行得很顺利。直至演唱会将要举行的两个月前，问题陆续浮现。

歌星朋友中，林子祥是第一个怂恿我开演唱会的，他说他会一力承担。所以，当区瑞强和我拟定歌星名单时，我对他说唯一有把握请到的歌星是林子祥，其他的要看他的情面了。

结果，他给我的答复是林子祥早已签了演唱会合约，锁定了演唱会前后三个月不得出席任何其他演唱会。不过，只要不是台柱歌手，客串或以神秘嘉宾形式演出，问题不大。即是说我们不能以林子祥的名字招徕。但三晚演出中，林子祥答应出席两晚，这已经是给予我们很大的支持了。

由于宣传数据不能落林子祥的名字，其他嘉宾歌手的名字亦不能记下。否则单单不落林子祥的名字，实在对不起他。区瑞强终于想到折中办法，用歌名作宣传，听众们看到歌名自会联想到歌者，此亦是无办法中的办法。当然，单是四位台柱歌星已经有一定的叫座力，加上每

郑国江四十周年名曲 · 巨星演唱会后台

郑国江四十周年名曲 · 巨星演唱会，左起：曾路得、区瑞强、郑国江、叶丽仪、叶振棠

晚不同的嘉宾歌手，唱出代表作，自然更具吸引力。

过了一关，还有意想不到的事陆续而来，我们原本安排好了档期，谭咏麟唱第一晚，林子祥唱第二及第三晚。但演出前一星期，谭咏麟接了内地的一个档期，不能出席第一晚，但他保证，无论如何第三晚一定赶来。这便难倒我们了，临时如何邀请到嘉宾，幸好我们想起久未露面的熏妮。她的一曲《故乡的雨》相信不会令当晚的观众失望。事情本以为可以解决了，但殊不知，她有病在身，不过她答应无论如何都会参加演出，真的盛情可感。

第一晚的演出，真可以说是一波未平一波又起。当晚演出的另一位嘉宾李龙基，成了新闻人物，各电台及报纸都报道他遇袭的事。原来他在晚上回家途中，遭到一个想抢掠的南亚裔人士袭击，头部受创，视力受损，短期内要休养。

世事往往出人意料，演出当晚，李龙基负伤上阵，但风采依然，观众们因为他的出现报以热烈掌声。熏妮在演出前一晚突然发高烧，但演出当晚带病登台，在台上缕述十六年来受红斑狼疮折磨之苦，是夜是她十六年来的初试啼声，观众们感动得不可言喻。演出前区瑞强紧张到胃抽筋，到底是专业歌手，泰山崩于前，都不会影响演出。

四位台柱歌手的卖力演出，加上夏韶声的《交叉点》和《童年时》，令当晚观众大饱耳福之余，还连声说很温馨很感动。相信这番话是我们辛劳的最大回报。

我与美术结的缘

十岁那年，父亲逝世。刚好碰上父亲生前的一位好友在筲箕湾开了一间分店，需要一个人打理店务，于是母亲便带着我从油麻地搬到筲箕湾去，而我亦要转到附近继续上学。

由于不是开课的时间，我要做插班生。好不容易母亲为我找到一所学校。见校长时，我不知哪里来的勇气，竟然大胆地问，学校有没有美术课。相信这是因为小孩子太喜欢画画，而从前的学校又没有美术这一科，积压在心里的渴求，就在这刻倾泻了出来。校长说有，于是我便很高兴地在这所学校读下去。

现在回想，一点儿都记不起那时候的美术课是怎样上的，却是很记得上劳作课的一件事。那次是用木板做一只鹦鹉，鹦鹉的形状已割好了，我们只需为鹦鹉着色便可以了。回到家里，打开颜色盒，很用心地把颜色涂在木板上。但无论我着多少遍色在上面，都如泥牛入海般消失得无影无踪，幸亏店内负责账目的职员，教会了我一个方法，就是先用画纸贴在木皮的两边，再把颜色涂在画纸上，画好以后，再在外面涂上一层光油。这件劳作为我带来老师的赞赏，更加强了我日后对劳作、美术科的兴趣。

不多久，由于筲箕湾的店倒闭了。母亲转到这伯伯在湾仔的藤厂去工作，而我则辗转到了圣类斯学校上学。这阶段使我对美术的爱好日益加深。我的画作其实画得不怎样好，但我是很用心的。

有一次，不知怎的，美术老师给我一幅画，着我回家临摹，说是用来参加比赛的，那是一幅水彩静物画。现在还隐约记得那构图。但是我真的连一点水彩画的技法都不懂，自然辜负了老师的错爱。

记得有一年圣诞节，老师带我们到中学那边参观他和中学生们做的马槽，那次的参观对我的影响更大，小小年纪的我，看见学长们的杰作，让我感觉到劳作、美术的伟大，自此对这门艺术更醉心。

最令我印象深刻的一次，是老师带我到他的画室参观，看到他画的风竹四连屏，我虽然不懂国画，但那风的感觉使我有如置身图画的境界中。

离开了圣类斯以后，应该是初一的阶段，我忽然想画一幅画祝贺母亲的生辰，无意间从一本圣类斯的校刊中发现了老师的画作，那时候，我仍没有学过国画，但知道那是用笔墨在宣纸上画成的，于是便放胆临摹。那是我送给母亲的第一份礼物。第二年又多临摹一次，这次是一幅彩色的，我没有国画颜料，全部用水彩画成。这两次的经验给了我美术创作方面的信心。可惜到了高中以后，所有的美术音乐，都变了英文、中文、数学等主要科目了。

我对美术是锲而不舍的，会考我都报了这科，但失败了。虽然失败但我没有失望。到读师范时，美术系是我的第一志愿。后来才知道，报读师范的学生，在选择英文、中文、体育、音乐等学系都落选时才编入美术系的，更难堪的是上第一课时，老师问全班同学，哪个会考有选美术的？全班同学都举了手，跟着问，哪个这科"肥佬"（不合格）的？环顾左右，只有我一个举手。

不过，在我整个学习历程中，唯有这段时间，我真真正正地享受学习的乐趣。葛量洪师范学院的美术系设在一个独立的建筑物内，有独立的几间课室，课室外有一个小庭院，花木扶疏，环境幽静，我一有空便到那儿画画、写生。明白什么叫乐在其中。最使我难忘的一件事，就是每一年，学院都会举行一次圣诞卡设计比赛的，胜出的那个设计，便会印成该年度的学院圣诞卡，我一直都没想好怎样做。直到有一晚，一位在另一间师范学院就读的中学同学到家里探访我，他也是读美术系的，大家谈及学习的情况，言谈间我突然有了灵感，在他离去后，我通宵把参赛作品完成。这幅作品竟然击败所有对手，成为当年的校卡，这是我在美术方面的第一份成绩单。

还记得，我的一位老师，油画画得很好，我想跟他学习。当时，他给我一个忠告，我一直铭记于心，他说："我

就读师范学院时，郑国江设计的圣诞卡成了当年的校卡

可以教你，但你一定不要以此谋生，不然，你会连兴趣都没有了。"自此以后，我把兴趣和工作分了家，不单画画如是，即使写词、编剧……无论哪一样我视之为兴趣的，都定性为兴趣。

刘少强老师，谢谢你！

从油彩到水墨

　　人的理想和实际能力是有距离的。我喜欢美术，投放在美术的时间，比投放在任何一方面都多，学习美术的心意亦比学习任何事物都强。但说到成绩，不说也罢。其实我是知道的，不过，不死心。

　　在师范美术系上课时，老师出了一个画题，让大家一起创作。看到有些同学的作品，无论是意念、技法都比自己成熟。我只有独沽一味的能力，就是"死做"。一张做得不够好，做第二张，在课室内完成不了，回家里再做，再做不好，挑灯一夜做。但是比起他们一挥而就的，仍少了一份灵气，不由你不服。

　　我真的不服，出了学院大门，又入了校门执教鞭。看到中文大学校外课程有平面美术设计文凭课程，又跃跃欲试。这一试又试了自己骂自己消磨青春的三年。

　　那三年，每星期上一晚课，但是那一晚以后，迎来一星期每个晚上开工都做不完的功课。这还算了，最谋杀

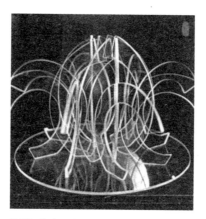

郑国江修读设计文凭课程时所作的立体作品

自尊的是，每次上课时，第一件事，是各人自己把功课放到黑板上，先由各同学轮流公审，再由老师作专业评审。到领回功课时，一星期的苦劳换来一个 C+，C，好不容易才有一个 B-。最要命的还是那毕业作品，一套又一套的平面设计外，还要一件立体雕塑，这都是我们这些非专业学生们的致命死穴。因为同级学生中，有专业的设计师、画家、建筑师等等，他们各方面的配套可以俯拾得来，而我，连一个普通字体的英文字母都要用手画。

记得在毕业前，我有机会遇见其中一位导师，我因为太担心，所以问问他，我可不可以毕业。他给我定心丸，他说："你是没有问题的，因为我们以你的成绩为标准。"听了这句话，真有点受宠若惊，我的毕业作品真的那么棒？心里不禁有点犹疑。他继续说下去："倘若成绩比你差的，便 failure。"心里实时沉了大半，但庆幸这三年工夫总算没有白费。

毕业的同学中，到现在还有往还的，就只有靳埭强这位国际知名的设计家，我有幸是他的同班同学，算是与有荣焉。其他很多人都是这个界别中的翘楚。最大的成就，应该是几位有心有力的同学，开设了设计学校，培育出一批又一批的设计专才，不单在本港，在国际上都有影响力。

自知不是设计的材料，但我仍是喜欢美术的，于是在教学的初期，每个星期日都去上油画课。这样学了几年，参加过几次联展。在每次的联展中，总觉得技不如人。唯一的收获是为母亲用油彩画了一幅肖像。

不知过了多少年，学校的同事晚上在珠海学院学裱画，我想当时我是中了邪，竟然报读这科与兴趣完全无关的科目。后来，终于有人给我当头棒喝，说道，你自己又不画国画，你学裱画的用心何在？于是，学国画的潜意识浮现了。原来，打从童年开始，我便对国画有兴趣，不过，一直都没有发现。所以，一知道与国画有关连的裱画便有兴趣去学，现在，终于返本还原，追求我的国画去了。

有时候，自己都会问自己，是否有临老学吹打之嫌，但随即打趣地回答自己，如果侥幸成为画家，我便自然而然地被称为"老画家"了，能在短短的时间内成为老画家，这回是赚定了。于是又开始习国画。

这一回，是一项更漫长的学习，亦真的实践了我学到老、做到老的心愿。

"幸运是我" 郑国江

在我的作品中，要选一首最能代表自己的，我选叶德娴的《幸运是我》。

幸运的是生长在香港这小岛中，正因为地方小，一个人，只要有小小能力，很容易便为人赏识。

以写歌词为例，在其他地方，要是有机会为一位享负盛名的歌手写一首歌已属千载难逢，但在这里我竟然有机会为多位当时得令的歌星填词。

幸运的是我赶上我成长的那个年代，那是个有很多空间让人发挥的年代。

要是我成长于六十年代，那时候粤语流行曲仍未成气候，我根本没机会发现自己这方面的能力。

幸运的是我遇到很多很乐意帮我的朋友，这个扶我一把，那个扶我一把，我才有机会站起来。

记得在亚洲电视前身丽的映声做综艺节目策划时，当时的节目总监云影畦小姐鉴于台湾的国语流行曲这样风

幸运是我？倒要用抽奖来验证一下

靡，没理由这个说广东话的地方，自己的方言歌，反而不能流行。于是，她决意在她监制的综艺节目中，尝试把一些当时流行的国语歌，改写粤语版，由她拍板我写的第一首电视歌曲，是改编自《山南山北走一回》的《山前小唱》。

云小姐眼见星座这玩意儿，突然在社会上流行起来，于是筹拍《星座奇趣录》。她是得风气之先，而我亦因此有机会写我的第一首电影主题曲《星运人生》和插曲，改编自英文歌 *Look For A Star* 的《找一颗星》。

由写单曲到写歌唱趣剧，由歌唱趣剧到唱片歌曲，慢慢地把我琢磨成一个填词人，一个业余的专业填词人，这个名号听起来有点怪，但实质上只有这样叫法才能反映我实际的身份。论工作性质我是业余的，因为我有本身一份固定的教学工作；若论作品质量，我绝对是专业的，因为经过这么长时间工作上的磨炼和市场的考验，在填词这方面的能力，应该早已获得肯定。

幸运的，还有我的际遇。

读葛量洪师范学院时，我是获学业奖毕业的，一般来说，获得这个奖项的学生，是官校优先选聘的，但这迟来的聘约，在我任教于伍华小学三个月后才出现。作为一个教师，官校的服务条件是政府公务员身份，享有医疗及退休金等福利，但我竟选择留任伍华，亦因为如此，我才有机会发展我的兴趣。如果在官校，可能约束较多限制较大。换句话说，如果我一毕业便受聘于官校，我的故事，未必是现在这样。

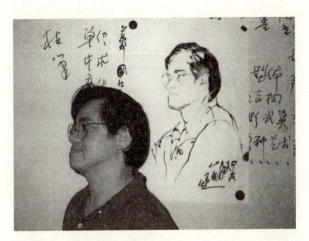

郑国江与吴山明老师所绘人像

图书在版编目（CIP）数据

郑国江词画人生 / 郑国江著. -- 上海 ： 东方出版
中心，2017.4

ISBN 978-7-5473-1100-4

Ⅰ．①郑… Ⅱ．①郑… Ⅲ．①随笔－作品集－中国－
当代 Ⅳ．①I267.1

中国版本图书馆CIP数据核字(2017)第056386号

上海市版权局著作权合同登记:图字09-2016-142号

本书原由三联书店(香港)有限公司以书名《郑国江词画人生》出版，
现经由原出版公司授权东方出版中心在中国内地出版发行。

郑国江词画人生

著　　者：郑国江
出版发行：东方出版中心
地　　址：上海市仙霞路345号
电　　话：021－62417400
邮政编码：200336
经　　销：全国新华书店
印　　刷：上海书刊印刷有限公司
开　　本：890×1240毫米　1/32
字　　数：147千
印　　张：8
版　　次：2017年4月第1版第1次印刷
ISBN 978-7-5473-1100-4
定　　价：30.00元